Tucholsky
Wagner
Zola
Scott
Sydow
Fonatne
Freud
Schlegel
Turgenev
Wallace
Twain
Walther von der Vogelweide
Fouqué
Friedrich II. von Preußen
Weber
Freiligrath
Frey
Fechner
Fichte
Weiße Rose
von Fallersleben
Kant
Ernst
Richthofen
Frommel
Hölderlin
Engels
Fielding
Eichendorff
Tacitus
Dumas
Fehrs
Faber
Flaubert
Eliasberg
Ebner Eschenbach
Feuerbach
Maximilian I. von Habsburg
Fock
Eliot
Zweig
Ewald
Vergil
Goethe
Elisabeth von Österreich
London
Mendelssohn
Balzac
Shakespeare
Dostojewski
Ganghofer
Trackl
Lichtenberg
Rathenau
Doyle
Gjellerup
Stevenson
Tolstoi
Hambruch
Mommsen
Lenz
Droste-Hülshoff
Thoma
von Arnim
Hanrieder
Dach
Verne
Hägele
Hauff
Humboldt
Karrillon
Reuter
Rousseau
Hagen
Hauptmann
Gautier
Garschin
Defoe
Baudelaire
Damaschke
Descartes
Hebbel
Wolfram von Eschenbach
Schopenhauer
Hegel
Kussmaul
Herder
Bronner
Darwin
Dickens
Rilke
George
Melville
Grimm
Jerome
Campe
Horváth
Aristoteles
Bebel
Proust
Bismarck
Vigny
Barlach
Voltaire
Federer
Herodot
Gengenbach
Heine
Storm
Casanova
Tersteegen
Gilm
Grillparzer
Georgy
Chamberlain
Lessing
Langbein
Gryphius
Brentano
Claudius
Schiller
Lafontaine
Strachwitz
Kralik
Iffland
Sokrates
Katharina II. von Rußland
Bellamy
Schilling
Gerstäcker
Raabe
Gibbon
Tschechow
Löns
Hesse
Hoffmann
Gogol
Wilde
Vulpius
Luther
Heym
Hofmannsthal
Klee
Hölty
Morgenstern
Gleim
Roth
Heyse
Klopstock
Goedicke
Luxemburg
Puschkin
Homer
Kleist
La Roche
Horaz
Mörike
Musil
Machiavelli
Kierkegaard
Kraft
Kraus
Navarra
Aurel
Musset
Moltke
Nestroy
Lamprecht
Kind
Kirchhoff
Hugo
Marie de France
Laotse
Ipsen
Liebknecht
Nietzsche
Nansen
Ringelnatz
Marx
Lassalle
Gorki
Klett
Leibniz
von Ossietzky
May
vom Stein
Lawrence
Irving
Petalozzi
Platon
Knigge
Sachs
Pückler
Michelangelo
Kock
Kafka
Poe
Liebermann
Korolenko
de Sade
Praetorius
Mistral
Zetkin

Der Verlag tredition aus Hamburg veröffentlicht in der Reihe **TREDITION CLASSICS** Werke aus mehr als zwei Jahrtausenden. Diese waren zu einem Großteil vergriffen oder nur noch antiquarisch erhältlich.

Symbolfigur für **TREDITION CLASSICS** ist Johannes Gutenberg (1400 — 1468), der Erfinder des Buchdrucks mit Metalllettern und der Druckerpresse.

Mit der Buchreihe **TREDITION CLASSICS** verfolgt tredition das Ziel, tausende Klassiker der Weltliteratur verschiedener Sprachen wieder als gedruckte Bücher aufzulegen – und das weltweit!

Die Buchreihe dient zur Bewahrung der Literatur und Förderung der Kultur. Sie trägt so dazu bei, dass viele tausend Werke nicht in Vergessenheit geraten.

Die große Revolution. Ein Mondroman

Ein Mondroman

Paul Scheerbart

Impressum

Autor: Paul Scheerbart
Umschlagkonzept: toepferschumann, Berlin

Verlag: tradition GmbH, Hamburg
ISBN: 978-3-8424-1416-7
Printed in Germany

Paul Scheerbart

Die große Revolution

Ein Mondroman

Dem lachenden Fanatiker Alfred Walter Heymel

Auf dem Monde wars Nacht.

Und die dicke Luft war ganz still.

Und die Goldkäfer saßen auf den dunklen Moosfeldern und leuchteten – so wie die Sterne am schwarzen Himmel leuchteten.

Von der Erde war nur ein Viertel als Halbkreis zu sehen.

Und fünf Mondmänner schwebten über den Moosfeldern und leuchteten auch – aber so wie Kugeln von Phosphor.

Und der Mondmann, der voranflog, wurde plötzlich so rot wie eine feurige Kohle, und da flogen die vier anderen Mondmänner an seine Seite und wurden ganz allmählich ebenfalls so rot.

Durch dieses Rotwerden sagten sich die Mondleute, daß sie bereit wären, miteinander zu sprechen.

Und der Mondmann, der zuerst rot wurde, sprach jetzt langsam und nachdenklich:

»Der Stern, mit dem wir leben, unser guter Mond, will ein großes Auge haben – und wenns möglich wäre – schließlich ein großes Auge sein – bloß noch ein einziges Auge sein – ganz Auge sein.«

Die Mondleute hatten, wenn sie in der Luft schwebten, unten Kugelgestalt, und aus der ragte oben ein kleiner Brustrumpf mit einem Rübenkopf und zwei Armen heraus.

Und mit den siebenfingrigen Händen, die unten an den Armen hingen, klatschte jetzt jeder der fünf Mondmänner auf seinen Ballonbauch, daß es dumpf dröhnte – wie von Pauken.

Mit diesen Tönen tat die Mondbevölkerung ihr Wohlbehagen und ihre Heiterkeit kund.

Rasibéff, der Mondmann, der seiner feurigen Gesinnung wegen seit Jahrhunderten bekannt war, rief nun hell in die Nachtluft:

»Was der große Mafikâsu soeben gesagt hat, das gibt userm Streben das Rückgrat. Wir wollen, was unser Stern will. Und wenn unser Wille der Wille unsres Sterns ist, so muß dieser Wille alle Mondvölker mitreißen – und wir müssen in unserm Monde ein Fernrohr bauen, wies der Mond nicht größer haben kann – ein Fernrohr von der Größe des Monddurchmessers.«

Wenn die Mondleute ihren Rumpf vorbeugten und über ihren Ballonbauch rüber nach unten blickten, so kam ihnen das Bild der dunklen Mondoberfläche fast ebenso wie das Bild des Himmels mit den Sternen vor, da die Goldkäfer unten auch so still leuchteten wie oben die großen Weltgestalten im unendlichen Raum.

Die fünf Mondmänner beugten sich jetzt sämtlich vorne über und flogen danach viel schneller als bisher mit dem Rübenkopfe voran dem nächsten Krater zu.

Die Rübenköpfe hatten oben einen Kranz von Fühlhörnern, die sich beim Fliegen nach allen Richtungen vorreckten und dadurch kronenartig wirkten; die Fühlhörner witterten wie feine Geruchsorgane alle Dinge, an denen man sich stoßen kann.

Da sprach Zikáll, der Mann der Wissenschaft:

»Jedenfalls bezweifle ich, daß der Mond seinen Willen mit unsrer Beihilfe durchsetzen möchte. Wenn der Mond wirklich auf der anderen Seite ein Organ haben will, das unsrem Auge entspricht, so braucht er dazu nicht die Beihilfe der kleinen Mondleute. Wissenschaftlich nicht zu begründende Aussprüche wie die vom Mondauge sollten bei der Agitation nicht gebraucht werden. Wenn wir sagen, daß wir ein großes Fernrohr haben wollen, dessen Länge die des Monddurchmessers erreichen soll, so haben wir damit nach meiner Meinung genug gesagt. Die großen Worte haben immer einen kleinen Spaßgehalt in sich. Die großen Worte sind der Tatenlust zuwider.«

Die Sterne des Himmels funkelten jetzt, und die beiden hellblauen Augen des großen Mafikâsu, der zuerst gesprochen hatte, funkelten ebenfalls, und er sagte nun, während er langsamer flog:

»Jedenfalls freue ich mich, daß der große Zikáll die Herstellung des großen Fernrohrs, das so lang wie der Monddurchmesser werden soll, nicht für eine Unmöglichkeit erklärt. Und da Zikáll nicht will, daß ich das Wort Mondauge gebrauche, so will ich das Wort vermeiden, obschon ich doch bemerken muß, daß die Sterne öfters grade die kleinsten Lebewesen zur Durchführung ihrer großen astralen Absichten benutzen.« Hierauf sagte der Zikáll sehr rasch:

»Es fragt sich übrigens, ob unser Stern, der Mond selber, durch das große Fernrohr sieht – wenn wir, die Mondmänner, da durchsehen.«

»Das«, versetzte Mafikâsu, »fragt sich wohl. Aber wir wollen nicht vergessen, daß wir das große Fernrohr nur dann durchdringen werden, wenns unserm Monde nicht unbequem ist. Wir wollen nicht den Respekt vor dem Ganzen vergessen.«

Nach diesen Worten hatten die fünf den Krater, dem sie zuflogen, erreicht und ließen sich nun oben am Rande des Kraters auf fünf freien Natursäulen nieder; die Mondmänner setzten sich auf die Säulen, indem sie ihren Ballonbauch zusammenzogen und daraus eine Art Raupenfuß machten; die dicke gummiartige Hautmasse des Bauches umschloß muskulös den ganzen Kopf der Säule, so daß das Sitzen recht bequem war und auch so aussah.

Die Mondmänner glühten immer noch wie rote Kohlen, nur die Rübenköpfe und die Hände phosphorescierten silberartig, und die zehn Augen flimmerten in hellblauen Farbtönen.

Nun ergriff der weitsichtige Loso das Wort:

»Ja!« rief er, »wir verstehen den großen Mafikâsu vollkommen. Alles geht gegen die Erdbeobachtung. Die Mondleute, die das große Fernrohr haben wollen, haben eine große Abneigung gegen den Stern, der uns am nächsten steht – gegen die große Erde. Wir sollen gezwungen werden, die Erdbeobachtung aufzugeben. Wir sollen uns fürderhin nur noch mit den weiterab befindlichen Sternen – mit dem entfernteren Weltenraume – beschäftigen. Das ist es, worauf alles hinausläuft.«

In der Ebene, die sich unten vor dem Krater weit ausdehnte – da glitzerten jetzt die Goldkäfer – und oben am Himmel glitzerten die goldenen Sterne; die Luft machte die Lichteffekte oft anders.

Der heftige Rasibéff, der immer röter wurde als alle anderen, sagte leise:

»Loso dürfte nicht so ganz unrecht haben.«

Der weitsichtige Loso sprach noch einmal – sehr eindringlich – also:

»Auf der Mondseite, die stets der Erde zugekehrt ist, haben wir heute im ganzen ungefähr zehntausend Fernrohre. Unsre Krater haben sich doch recht brauchbar gezeigt; wenn auch die Beweglichkeit des einzelnen Rohres nicht allzu groß ist, so ergänzen sich doch die verschiedenen Krater untereinander so gut, daß wir zufrieden sein können. Jedes Fernrohr sitzt in seinem Krater so naturgemäß drinnen, daß es uns beinahe schon unnatürlich erscheint, wenn wir einen Krater erblicken, in dem sich kein Fernrohr befindet – obschon wir wissen, daß auf zehn Krater nur einer mit Fernrohr kommt, während neun noch ohne Fernrohr sind. Wenn wir nun die Absicht hätten, unsre sämtlichen Krater mit Fernrohren zu versehen, so würde ich diese Absicht nur loben, denn die Arbeit, die uns dadurch aufgebürdet wäre, müßten wir für klein ansehen gegen die Arbeit, die uns das große Fernrohr, das Monddurchmesserlänge haben soll, verursacht. Unsre Fabrikleiter sprechen da doch von einer Arbeit, die Jahrhunderte in Anspruch nehmen könnte. Demnach sage ich klar und deutlich: Lieber neunzigtausend großartige Kraterfernrohre als das eine einzige Riesenteleskop mit einer Monddurchmesserlänge! Das ist meine Meinung! Und von der werde ich vorläufig nicht abgehen!«

Uber die Ebene schwebten jetzt große Scharen silbern phosphorescierender Mondleute vorüber, die verglichen mit den Goldkäfern in der Tiefe Silberkäfern nicht unähnlich sahen. Wie silberne Sterne zogen die Mondleute in der Ferne vorüber; runde Ballonbäuche hatten alle Mondleute ohne Ausnahme – und auch alle Mondkäfer.

Zikáll, der Mann der Wissenschaft, sagte leise:

»Was mehr Arbeit machen würde – das eine große oder neunzig-tausend kleine Teleskope – das dürfte wohl schwer zu entscheiden sein. Es käme doch nebenbei noch darauf an, welche Größe die kleinen Teleskope erreichen sollen. Wir haben in den letzten Jahr-hunderten jedes neue Fernrohr immer ein wenig größer gebaut als das vordem fertiggestellte; wenn wir also die Größe bei den neuen neunzigtausend so weiter steigern, so könnte das letzte vielleicht viel größer werden als das eine große, das die Länge des Mond-durchmessers doch nicht überragen darf.« Jetzt lachte Rasibéff.

Und die anderen lachten ebenfalls.

Aber der fünfte Mondmann, der bislang geschwiegen hatte und Knéppara hieß, sprach nun folgendermaßen:

»Das kommt davon, wenn man über eine Sache mit Leidenschaft redet. Man schweift ab und gibt schließlich nur Gelegenheit zum Lachen. Das Wichtigste wird dabei regelmäßig vergessen. Ihr denkt gar nicht mehr daran, welchen Umfang die Beobachtung der Erde erreicht hat. Das ist doch die Hauptsache! Ich leite die Beobachtung an neunhundert Teleskopen, und der liebe Loso leitet die Beobach-tung an vierhundertunddreißig Teleskopen. Und diese dreizehn-hundertunddreißig Teleskope sind nur auf die Erde gerichtet – seit Jahrhunderten! Und viele hundert andrer Teleskope sind ebenfalls nur auf die Erde gerichtet, so daß man wohl sagen kann: Die Hälfte der Mondbevölkerung beschäftigt sich ausschließlich nur mit der Erde.«

»Die Rechnung stimmt nicht«, rief da heftig der Rasibéff, »mehr als zwei Drittel der Mondbevölkerung beschäftigt sich mit der Er-de.«

»Nun – wenns so ist«, fuhr der mächtige Knéppara fort, »dann spricht ja das noch besser für uns. Dann begreife ich aber nicht, wie Ihr die Erdfreunde dazu bestimmen wollt, ihre Tätigkeit, die ihnen Jahrhunderte lang so viel Freude bereitete, plötzlich an den Nagel zu hängen. Die Mehrzahl ist doch gegen Euch. Es war doch wahr-lich keine Kleinigkeit, das Leben der Erdbewohner genauer ken-nenzulernen. Wir sind doch schon in der Lage, das zu lesen, was sie drucken lassen. Das hat Mühe gekostet – denn wir haben ihre Sprache mit dem Ohre niemals vernommen. Wir sehen, welche Anstrengungen die Erdleute machen, nach allen Seiten weiterzukommen. Wir sehen, wie sie den ganzen Erdball mit eisernen Schienen umspannen und alles außerdem noch mit Drahtnetzen umspinnen. Die Beobachtung dieser energischen Völkerscharen sollen wir plötzlich aufgeben, um nach den entferntesten Sternen zu greifen? Ich muß feierlich erklären, daß ich die himmelstürmenden Ziele für himmelschreienden Leichtsinn halte – und werde, solange ich noch Einfluß besitze, die Weltfreunde bekämpfen und mit allen Mitteln die Arbeiten der Erdfreunde zu schützen wissen.«

Loso hatte während dieser Rede seine rote Farbe verloren, Knéppara verlor sie jetzt auch – und dadurch deuteten die beiden an, daß sie das Gespräch abzubrechen wünschten.

Mafikâsu sagte nur noch ernst, während er noch röter wurde:

»Ich weiß, daß Knéppara und Loso unsre mächtigsten Gegner sind. Und die Weltfreunde wissen, daß sie keinen kleinen Kampf zu kämpfen haben – und daß sie den nicht mehr vermeiden können.«

Zikáll, der Mann der Wissenschaft, hatte nur noch rote Punkte auf seinem Phosphorleibe.

Und als die beiden Erdfreunde, Knéppara und Loso, fragten, ob Zikáll mitkäme – zum Zackenkrater – da zergingen die roten Punkte auf Zikálls Haut.

Und Zikáll begleitete die beiden Erdfreunde.

Die drei Herren wünschten den Zurückbleibenden freundlich: »Guten Abend!«

Und gleich nach der Erwiderung dieses Grußes war der große Mafikâsu mit seinem Apostel Rasibéff allein.

»Glaubst Du«, fragte hastig der Apostel, »daß der Zikáll den Erdfreunden treu bleiben wird?«

»Das glaube ich keineswegs!« versetzte der große Mafikâsu gelassen.

Jetzt schwebten in nächster Nähe viele andere Mondleute vorüber.

Und nach einigen Augenblicken gesellten sich drei von diesen zu den beiden glühenden Weltfreunden.

Diese drei sagten ebenfalls freundlich: »Guten Abend!«

Und dabei setzten sie sich auf die Säulen, auf denen noch vor kurzem die drei anderen saßen.

»Pflastermann!« rief Mafikâsu lächelnd, »wo willst Du hin?«

Der Pflastermann erwiderte ebenfalls lächelnd:

»Die Herren Nadûke und Klámbatsch, die hier neben mir sitzen, wollen ihrem Leben ein Ende machen, da sie müde geworden sind. Wir wollen morgen in den Todesgrotten sein.«

Ich spreche«, sagte Mafikâsu rasch, »den beiden Herren meinen herzlichsten Glückwunsch aus. Ich würde mich sehr freuen, wenn ich die Herren begleiten dürfte.«

»Bist Du«, fragte der Pflastermann, »auch schon müde geworden?«

»Das nicht«, versetzte Mafikâsu, »aber ich hoffe, in den Todesgrotten neue Freunde zu finden.«

»Aha!« rief Nadûke, »er hat seine Idee vom großen Fernrohr noch nicht aufgegeben.«

»Ich gab niemals«, erwiderte Mafi, »das, was ich anfing, auf. Wir haben übrigens ein neues Agitationsmittel gefunden.«

»Laß hören!« sagte Klámbatsch darauf.

Die Müden wurden aber nicht rot – auch der Pflastermann wurde nicht rot.

Aber das wirkte nach dem Gesagten nicht abstoßend.

Mafikâsu glühte jetzt noch heftiger als bisher – so wie glühendes Eisen.

Und er sprach leise und eindringlich:

»Ihr wißt, es gibt drüben auf der anderen Seite des Mondes, die von der Erde und von uns niemals gesehen wurde, keine Luft. Wir können da nicht fliegen. Wir können schon hier nicht sehr hoch steigen – dort aber könnten wir nicht einmal auf den Händen kriechen. Nun ist es aber ein par Freunden der Weltsache gelungen, am Rande ein paar kurze Strecken mit Luftschläuchen auf Schienen in dem unbekannten Lande vorzudringen. Und da haben die Mutigen gefunden, daß dort der Boden überall aus durchsichtigen Glassteinen besteht. Und von diesen Glassteinen haben sie etliche mitgebracht. Und Rasibéff trägt nun immer welche bei sich. Daß die ganze andre Mondseite sich nur aus solchen durchsichtigen Glassteinen zusammensetzt – daran glaube ich. Nun besteht unsre Mondhälte fast nur aus großen und kleinen Grotten – darum dürften in der anderen Mondhälfte auch Grotten sein. Die müssen aber infolge der durchsichtigen Glasoberfläche Licht von außen bekommen. Da müssen eben wundervolle bunte Lichtgrotten sein – mit vollem Sonnenlicht. Ist das nicht großartig? Schon allein dieser Lichtgrotten wegen müssen wir den alten Mond im Mittelpunkte durchbohren. Vom Mittelpunkte aus müssen wir ja ganz bequem in die sonnigen Lichtgrotten hineinkommen; diese könnten auch in der Nacht sehr seltsam wirken. Wenn das große Teleskop nicht mehr ziehen will, so ziehen vielleicht die Glassteine.«

»Und hier sind die Glassteine!« rief der ebenfalls glühende Rasibéff.

Während dieser aus seinem Rucksacke kleine bunte leuchtende und funkelnde und glitzernde Steine hervorholte, liefen die beiden Müden und der Pflastermann rosarot an.

Die Steine gingen von Hand zu Hand, und verschiedene funkelten im Sternenlicht – wie Brillanten.

Und Rasibéff sagte erklärend:

»Es sind auch wirkliche Brillanten unter den Steinen – daher das Funkeln – das bleibt auch im Dunkeln.«

Nachdem die drei die Steine vielfach untersucht und bewundert hatten, verabschiedete sich der Rasibéff und flog rasch davon; er hatte noch viel vor.

Indessen stiegen die vier andern, während sie lebhaft über die Existenz und über die Bewohnbarkeit der Lichtgrotten ihre Meinungen äußerten, langsam mit ihrem Ballonleibe, der sich durch einen Atemzug wieder füllte, empor – und schwebten über den Kraterrand.

Im Krater wars dunkel.

Und oben zogen die vier ihren Ballonleib wieder zusammen – und stürzten sich kopfüber in die Tiefe.

Die Mondleute brauchten keine leuchtenden Wegweiser, denn sie waren ja selber fliegende Lampions, die alles hell machten.

Und mit ihren Fühlhörnern, die jetzt steif wie ein Hörnerschmuck aus ihrem Rübenkopfe herausragten, konnten sie noch besser als mit den Augen alles Hindernde von ferne bemerken.

Und sie sausten – hinab.

Und unten im Krater gings durch und dann rechts und dann links.

Und ein großes Grottenreich tat sich vor den vieren auf. Und da flogen sie hinein.

Den Felsenwänden entströmte ein veilchenblaues Licht, das auch die Mondleute veilchenblau machte.

Die Ballonbäuche wurden hier, wenn die Mondleute langsamer schweben wollten, lange nicht so weit aufgeblasen als auf der Oberfläche des Mondes, da die Luft in den Grotten dicker und schwerer ist.

In stillen blauen Nischen saßen andre Mondmänner auf seltsam geformten Alabastersäulen – und ruhten sich aus und dachten an die Erde und an die große unendliche Welt.

Und alles war sehr ruhig und – veilchenblau.

Und die vier schwebten hinaus und weiter durch eine langgestreckte schwarze Grotte, deren Wände stellenweise als ganz glatte Flächen spiegelten. Die vier konnten sich in den schwarzen Spiegeln deutlich sehen, da die Körper der Mondleute in dunkleren Räumen noch heftiger leuchten; wie ferne Gespenster zogen die Spiegelbilder rechts und links dahin.

Und aus den schwarzen Grotten gings in die hellen Bernsteingrotten, die mit dem Nebelkrater in Verbindung stehen.

Hier gings lebhafter zu.

Viele Mondleute sausten scharenweise aus dem großen Nebelkrater heraus – in die sehr tief gelegenen Bernsteingrotten hinunter – mit Glasplatten und Messinginstrumenten, Papierrollen und Beleuchtungsgeräten, mit Röhren und Schrauben, mit Chemikalien in flüssigem und festem Zustande, mit Kapseln und Schläuchen, Büchern und Handwerkszeug; verschiedene von diesen Sachen wurden immer zusammen von mehreren Leuten auf flachen Schalen aus Gummihäuten getragen.

Andre Mondleute schwebten wieder scharenweise mit Aluminium-Fässern, Eisendrähten und Kupferstangen nach oben dem breiten Kraterloche zu, in das die Schlußapparate des kolossalen Fernrohrs wie mit langen Fühlhörnern sich hinunterreckten.

»Mafikâsu! Mafikâsu!« ertönte es da von allen Seiten. Und der so Begrüßte wurde nun von vielen angesprochen, so daß er und seine drei Begleiter langsamer schweben mußten.

Und im Fluge hörte der Führer der Weltfreunde ein paar Dutzend Neuigkeiten.

»Du hast recht«, rief ein sehr korpulenter Mondmann dem Mafikâsu zu, »Deine Gedanken sind stets ganz außerordentlich praktisch. Wir sind Deinem Rate gefolgt und haben die Aufnahmebedingungen an unserm Rohr erleichtert und infolgedessen zweihundert Mann auf unsre Seite gezogen. Zweihundert Weltfreunde gibts jetzt wieder mehr.«

Der Korpulente sauste so schnell wie ein Stück Gold mit schlappem Bauch in die Tiefe.

»Wird hier«, fragte Nadûke, »die Erde gar nicht mehr beobachtet?«

»Längst nicht mehr!« erwiderte der Pflastermann, »man merkt, daß Nadûke müde geworden ist; den Nebelkrater hätte so leicht keiner vergessen.«

Und Klambatsch sagte lächelnd:

»So hat mein Gedächtnis noch nicht gelitten. Und ich sehne mich doch auch nach dem Tode. Nadûke weiß nicht mehr, daß im Nebelkrater nur noch Nebelflecke beobachtet werden. So was!«

Wie in einem Bienenkorbe wogte es in der Tiefe des Kraters auf und ab – und die Stimmen der geschäftigen Mondleute summten und brummten durcheinander; jeder hatte da seine bestimmten Obliegenheiten am Rohre – wie in den Salpeterkörben die blauen Käfer, die auf dem Monde Bienen heißen und den Moossamen zerreißen.

Ein Teil der Mondleute war an den photographischen Apparaten tätig – ein andrer sorgte dafür, daß sich die Bewegung des Rohres stets in der gewünschten Weise vollzogeinzelne saßen abseits und rechneten – sehr viele hatten nur die verschiedenen Putzapparate zu beobachten und zu regulieren – und die komplizierte Beleuchtung nahm ebenfalls viele Hände und Köpfe in Anspruch.

»Jetzt«, sagte Nadûke, der sich aufmerksam das ganze Treiben am Rohre angesehen hatte, »erinnere ich mich, und ich möchte nur wissen, ob hier auch noch das Farben- und Wärme-Spektrum untersucht wird.«

»Das ist aufgegeben!« erwiderte der Pflastermann.

Und die vier flogen schneller.

Der Pflastermann fuhr leise fort:

»Der Nadûke darf nicht vergessen, daß er sterben will. Die lebhafte Beteiligung an den Ereignissen unsrer Zeit ist den Müden nicht mehr erlaubt. Wer dem angenehmen Tode ins Auge blickt, soll nicht mehr so lebhaft sein.«

»Na«, versetzte der Mafi, »so lebhaft ist der Nadûke doch nicht.«

Schweigend schwebten die vier in die große Lesegrotte der Bibliothek. Da waren alle Wände weiß wie Schnee und leuchteten wie sonnenheller Tag. Hundert Ecken hatte die Grotte. Und die Mondleute saßen auf weißen Säulen, die überall in ziemlich gleicher Höhe vor den Wänden aus der Tiefe emporragten. In Nischen, die sich dicht hinter den Säulen in die Wände hineinwölbten, lagen dicke Bücher und Mappenwerke, vor denen die Mondleute – blätternd, lesend und schreibend – sich eifrig beschäftigten mit dem, was auf fernen Nebelflecken sich ereignete.

Aufgestapelt waren die gesammelten Bücher und Mappenwerke in langen schmalen Seitengrotten, zu denen die Eingänge tiefer lagen; wie Radspeichen den Mittelpunkt des Rades umgeben, so reihten sich die Seitengrotten um die große Lesegrotte.

Sehr still wars in dieser großen weißen Lesegrotte; die vier wurden kaum bemerkt, da hier die meisten Mondleute weitab saßen und ihr Gesicht den Wandnischen zugekehrt hatten.

Wer die Beobachtungen am Nebelkrater regelmäßig verfolgen wollte, hatte mehr zu tun als an den anderen Kratern dafür gehörten aber auch die Entdeckungen, die in den ferner gelegenen Nebelflecken gemacht wurden, zu den interessantesten der ganzen Welt – es wurden nicht bloß Tausende von Momentbildern vervielfältigt – es drehte sich auch um geistreiche Auslegung, Klarlegung und Kombination der gewonnenen Bilder – so daß in diesen Bibliotheksräumen immerzu neue Bücher entstanden.

Während die Erdbeobachtung ganz deutliche Bilder vom Kleinsten lieferte – selbst solche von Schriftzügen und Druckwerken – hatte die Nebelbeobachtung natürlich nur mit beträchtlichen Größenverhältnissen zu rechnen.

Die Bibliothek des Nebelkraters wurde von den Erdfreunden, die zum Teil viel größere Bibliotheksräume besaßen, die ›Hypothesen-Bibliothek‹ genannt.

Der Pflastermann sagte hier zum Mafikâsu:

»Es ist doch nicht richtig, daß über diese Bibliothek gespottet wird. Die Erdfreunde lernen nur Wesen kennen, die so groß wie wir selber sind. Aber die Weltfreunde lernen doch Wesen kennen, die millionenmal größer – die billionen- und trillionenmal größer sind als wir! Daß das Kennenlernen derartiger Wesen viel wichtiger ist als die Beschäftigung mit kleinen Erdmännern, die uns in so mancher Beziehung ähnlich sind – das muß doch jedem sonnenklar sein.«

»Natürlich«, versetzte Mafikâsu, »wir werden daher ganz bestimmt als Sieger aus dem Kampfe hervorgehen. Jetzt heißt es aber: mit allen Mitteln und allen Kräften die große Revolution vorbereiten! Unsre Gegner werden nicht untätig sein sie werden den Mondleuten die große Arbeit wie ein Gespenst aufputzen. Wir aber werden mit dem, was nach der Arbeit kommt – hinreißen. Mit besonnener Ruhe müssen wir vorgehen. Ubrigens – daß uns die Erdmänner in der Rumpf-, Arm- und Kopfbildung äußerlich ähnlich sind, sollte man nicht für so wichtig halten.«

Die vier hatten währenddem längst die weiße Lesegrotte des Nebelkraters verlassen – sie schwebten jetzt durch die langen Smaragdgalerien, die in einer Schraubenlinie immer tiefer ins Innere des Mondes führten. Wundervoll wirkte hier der kugelrunde rote Leib des Mafikâsu – zwischen den grünen Smaragdwänden – wie ein schwebender großer roter GummiLall.

Und unten in den tiefen grauen Bleigrotten, in denen nur riesige Tag- und Stundenverkünder ein weißes Licht ausstrahl ten, da zogen die vier ihre kugelrunden Leiber ganz zusammen, daß sie wie leere Beutel aussahen.

Und so stürzten sie sich wieder kopfüber in die Tiefe – und kamen so in immer tiefere Grotten, in denen violette, braune und orangefarbige Felsenwände nur ein schwaches Dämmerungslicht verbreiteten; scharfe Kanten sah man hier selten im Gestein.

So gings tiefer und tiefer – hinab – zum Mittelpunkte des Mondes – zu den stillen Todesgrotten.

Aber der Weg war weit, und die Stundenverkünder ließen sich oft hören.

Durch die zinnoberroten Badegrotten, in denen die runzliche Haut der Mondleute durch eine Art Schwitzkur renoviert wird, gelangten die vier in die herrlichen Rauchergrotten wo die Raucher so langsam und ruhig umherschwebten, als ginge wirklich gar nichts vor in den großen weiten Sternallwelten; die wurden hier oftmals ganz und gar vergessen.

Diese Rauchergrotten waren allen Mondleuten sehr wohl bekannt – und wurden immer Beruhigungstempel genannt und gehörten zum Herrlichsten, was es im Innern des Mondes gab; hier wuchsen jene köstlichen Blumen, die in ein paar Sekunden eine halbe Meile groß werden konnten.

Diese Blumen, die in allen Farben irisieren und opalisieren, sind hauchartig dünne Fächergebilde und kolossalen bunten Eisblumen ähnlich; aber die Blumen in den Rauchergrotten sind nicht einseitig – sie können sich nach allen Seiten entfalten – werden weite Spitzenblüten und Strahlendüten mit Schaumranken und haarfeinen Adern, die sich kräuseln – zitternd und glühend.

Jeder Mondmann hatte in seinem Rucksack, der am Rumpfgurte hing und gewöhnlich hinten auf dem Ballonleibe lag, seine kleine dicke Stein-Pfeife, in deren Kopf ein seltsamer Schwamm stak – dieser Schwamm wurde sofort glühend, so bald er mit einer Schaumranke der großen Duftblumen in Berührung kam – und dann ließ sich der Schwamm rauchen.

In den glühenden Schwamm zog die ganze Biume hinein, so daß diese verging wie eine Vision.

Und so rauchte der Mondmann meilenhohe Blumen, die so fein sind, daß sie von den zartesten Händen nicht zu bemerken wären.

Duftende irisierende Rauchwolken wirbeln aus der dicken Stein-Pfeife des rauchenden Mondmannes heraus. Und der Rauch ist so bunt – wie Regenbogen, die sich schlängeln und sich umschlingen, und wie Opalgeflimmer, das wie Schnee herumrieselt – so daß man im Rauche noch die Blumen er kennt.

Mafikâsu steckte sich jetzt auch seine Pfeife an, und seine drei Begleiter folgten seinem Beispiel.

Und ein langes Lächeln floß über das Gesicht des müden Nadûke, und er sagte zum Klambatsch:

»Ein langes Leben zieht an mir vorbei – steigt so schnell auf – wie da drüben die knisternden Blumen.«

Und drüben wuchsen wieder neue Blumenwälder aus der Tiefe empor.

Die Zapfengrotten, in denen die Raucher dahinschwebten, waren sämtlich dunkelbraun und spendeten kein Licht; die Blumen leuchteten hier viel feiner als alle Wände – und auch viel feiner als die Mondmänner selher – da das Blumenlicht immer wieder wie Opalgeflitter aufflatterte und dann irisierend in Schlangenlinien dahinzog und zitterte.

Es war so – denn nicht alle Teile der Blumen spendeten Licht –, als wenn die Raucher eigentlich nur dieses Licht in den Blumen rauchten, da der Rauch beinahe ganz so aussah wie dieses Blumenlicht; die Farbenspiele des Rauches waren nur gedämpfter und zuweilen etwas trübe.

Große Scharen von Mondleuten zogen an den vieren rauchend vorüber, und die großen Blumen, die in ein paar Sekunden eine halbe Meile groß werden können, wuchsen immer wieder von neuem – knisternd.

Und die vier schwebten durch eine Nischenpforte und schossen wieder kopfüber in schier unüberschaubare meilentiefe Grotten hinein, die teilweise ihr Licht nur von herumschwirrenden Käfern empfingen; nicht alle Felsenwände im Mondinnern haben Leuchtkraft; doch die dunkeln Felsen wirken fast immer wie Sammet.

Und nun flogen die vier in das Reich der großen Fabrikgrotten, allwo blaue und grüne und rote Flammen, ohne Rauch zu erzeugen, um die glatten spiegelnden Felsenwände flackerten. Hier hörte man fortwährend ein großes Hammern, Klirren, Klappern, Rollen und Stampfen; an neuen Teleskopen und an neuen Utensilien und Apparaten ward ohn Unterlaß in den Fabrikgrotten gearbeitet.

»Es geht doch«, sagte der Pflastermann, »niemals so schnell, als man denkt.«

Die Stundenverkünder zeigten den Herren an, daß sie schon länger als hundert Stunden unterwegs waren.

Bald war ein halber Mondtag dahin.

So schnell konnte man die Todesgrotten nicht erreichen, wenn man auch noch so fix hinunterstürzte.

In den Delikatessgrotten machten die vier noch einmal Rast. Dort leuchteten die dicken Lüfte selber in den verschiedensten Farben und in verschiedener Lichtstärke.

Diese Luft einzuatmen, war den Mondleuten ein ganz besonderes Vergnügen; diese dicken leuchtenden bunten Lüfte bildeten lauter Luftdelikatessen.

Brummkäfer waren immer in Menge da.

Aber lange hält es der Mondmann in dieser prickelnden Atmosphäre nicht aus; wohl lebt der Mann mit dem Luftleibe nur von der

Luft – aber ihm ist die leuchtende Luft nicht unentbehrlich – die ist nur sone Art Sonntagsscherz.

Nachdem Mafi und seine drei Begleiter sich genügend in der Lichtluft erquickt hatten, sausten sie weiter hinab – ihrem Ziele zu.

Und zweihundert Stunden später waren sie endlich unten nicht weitab vom Mittelpunkte des Mondes – in den Todesgrotten.

Da sitzen die Mondleute nicht auf Säulen, denn da sind keine Säulen.

Die Wände steigen in Terrassen empor.

Und auf den Terrassen liegen die Mondleute; sie haben ihren Kopf in eine Hand gestützt, der Ballonleib liegt glatt wie ein dickes Fell auf dem Stein – und auch unter dem Arm, dessen Hand den Kopf stützt.

Ein leises Flüstern läßt sich auf den Terrassen vernehmen.

Und von allen Seiten fliegen eilig die Gehilfen des Pflastermannes herbei und wollen die drei Herren zur Ruhe bringen.

Mafikâsu schüttelt lächelnd mit dem Kopfe, und der Pflastermann sagt leise:

»Nur diese beiden, die Herren Nadûke und Klambatsch, wollen ihrem Leben ein Ende machen. Gebt den Herren einen Platz mit interessanter Perspektive; sie haben in den Zinnkratern große Arbeiten vollbracht – von vielen Mondleuten sind sie als Führer anerkannt worden.« Und die Gehilfen, lauter gute sehr freundliche Mondleute, die ihr Amt sich selber wählten, bringen Nadûke und Klambatsch in eine entfernte Terrassenecke, die sich unter einer weiten Kuppelöffnung hinzieht, durch die man hoch hinaufblicken kann – durch kanten- und seitenreiche Lichtgrotten durch; fast sieben Meilen lang ist die Perspektive von einzelnen Punkten aus.

Mafikâsu schwebt mit dem Pflastermann neben der reich gegliederten Horn-Terrasse dahin, und beide überschauen die langen Reihen der Sterbenden, die leise flüstern.

Die Sterbenden sprechen aber nicht zueinander – sie sprechen zu sich selber.

Und dennoch sinds nicht Monologe, die flüsternd über ihre Lippen kommen.

Das Sterben auf dem Monde ist nicht so wie das Sterben auf der Erde.

Wer auf dem Monde müde wird, fühlt bald in der dem Rumpfe naheliegenden Ballonhaut einen Schmerz. Und wer diesen Schmerz fühlt, schwebt hinab zu den Todesgrotten und läßt sich dort ein Pflaster auf den oberen Teil der Ballonhaut legen. Und das Pflaster lindert den Schmerz. Und aus der vordem schmerzenden Stelle wächst ein andrer Rumpf heraus, der anfänglich ganz klein wie ein Pilz ist – aber in Bälde Kopf und Armbildung zeigt.

Und während der alte Rumpf immer mehr zusammenschrumpft, entwickelt sich der neue Rumpf – genau in den Formen des alten; der neue hat nur anfänglich eine nicht so runzelreiche Haut.

Und der alte Kopf spricht zu seinem neuen Kopf – wie ein Vater zu seinem Kinde.

Und so geht der Geist des Vaters langsam in den des Sohnes über.

Und es ist eigentlich kein Tod – es ist nur eine Wiedergeburt.

Und es ist wundersam, zu sehen, wie das Alte in das Neue übergeht.

Und es ist wundersam, zu hören, wie das alte Ich zu seinem neuen Ich spricht und ihm alles erklärt, was es auf dem Monde wissen muß.

Und so lange spricht der alte Kopf – bis der neue genauso klug und ebenso weit ist wie der alte.

Und es ist so, als wenn sich Doppelgänger miteinander unterhalten.

Und es ist ein vollkommenes Aufgehen des Alten – im Neuen.

Und es stirbt eigentlich nur die Haut des Alten – die schließlich vergeht – wie eine Blume vergeht – in den Rauchergrotten.

Mafikâsu hält an in der Luft und horcht und hört, was ein Sterbender zu seinem neuen Leben sagt.

Der Pflastermann schwebt weiter durch eine Bogenpforte durch.

»Es wird sich«, sagt der alte Kopf zu seinem neuen, »vieles ereignen, was Unruhe auf dem Mond erzeugen muß. Vielen Mondleuten genügt das Leben nicht mehr, das sie führen; sie wollen die Fülle ihrer Weltbilder noch vergrößern; sie wollen noch mehr anschauen können als bisher. Die große Revolution, die uns eine Abkehr von der Betrachtung der Erde bringen wird, kommt. Aber bei allen revolutionären Bewegungen dürfen wir nie vergessen, daß uns nur die reine absichtslose Anschauung das Glück schaffen kann. Wir müssen immer ganz ruhig auch die unruhigen Bilder nur als Bilder auf uns wirken lassen – wie ein großes Bilderspiel, dem wir ohne Absicht als ferne Zuschauer zuschauen dürfen. Wenn uns das, was für uns in und auf den Sternen sichtbar wird, nicht mehr unterhaltend genug erscheint, so dürfen wir ja vvohl danach streben, durch bessere Vergrößerungsgläser tiefer in diese Lebensspiele der Sterne zu dringen. Aber vergessen dürfen wir dabei nie, daß dieses Mehrhabenwollen eine Gefahr in sich birgt. Wir könnten so leicht von der sich selber genug gebenden, alle Absicht verschmähenden Betrachtung der Welt abgelenkt werden und in der zerstreuenden Tätigkeit mehr erblicken als in der sammelnden Anschauung. Ich fühle, daß Du mich verstehst; Du wirst so leben, wie ich gelebt habe.

Und ich fühle, daß ich in Dir lebe und leben werde. Aber behalte das eine: Geh überall mit, wenn die Neuerungsstürme kommen – widersetze Dich nicht – doch bleibe stets in allen Phasen der Entwicklung mit dem momentan Daseienden im Einklange – daß Du immer Dich ganz behalten kannst – in den Bildern, die Du hast.«

Mafikâsu hörte das und zitterte und wurde glühendrot, doch gleich darauf wurde er wieder silbern wie sonst – und dann kam ein grünlicher Ton in seine Hände – und als der Führer der Weltfreunde das bemerkte, erschrak er heftig – denn die grüne Farbe am Leibe der Mondleute bedeutet Ärger und Stimmungen, deren sich jeder Mondmann schämt.

Und Mafikâsu ließ den Kopf sinken und schwebte langsam weiter.

In den großen Todesgrotten wars immer sehr still, und das leise Flüstern auf den Terrassen machte die Stille noch empfindlicher.

Hoch oben in den meilenhohen dunklen Deckengewölben glitzerten Goldmassen, als wärens Sterne am dunklen Himmel.

Und die Wände mit ihren Zacken und Torbögen waren alle dunkelviolett und so wie von Sammet, und auf den glatten Bodenflächen der Terrassen flimmerte es – wie von dunklen Perlen.

Und auf diesen Terrassen mit dem dunklen Perlenglanz lagen die alten Mondleute bequem auf der Seite – den Kopf in der Hand – die runzliche Ballonhaut ihres Leibes war ihnen zum Diwan geworden.

Und vor ihnen wuchs – hellblau geisterhaft leuchtend – der Rumpf ihres neuen Ichs aus ihrem Leibe heraus.

Die Neuen waren immer hellblau – so lange die Alten noch da waren.

Und die Sterbenden konnten, während sie bequem auf der einen Seite ihrer Ballonhaut lagen, auf der anderen Seite ihr neues Leben wachsen sehen und sprechen hören.

Und das Alte und das Neue war so freundlich zueinander, daß es einfach rührend erschien.

Und die Hellblauen wuchsen langsam und stetig, und die Alten schrumpften im selben Maße zusammen.

»Die Anschauung!« flüsterte ein Hellblauer.

Und ein andrer sagte leise:

»Der Einklang mit dem Daseienden!«

Und ein Dritter sagte:

»Stetes Zusammenklingen mit dem, was wir haben!«

Und ein Vierter sprach ganz weich:

»Stetes Zusammenklingen mit dem Ganzen; alle Mondleute müssen zusammen ein Wesen bilden.«

Und ein Fünfter rief leise lachend:

»Die Welt muß in uns hinein – mit allem!«

Und so sagten alle sehr oft nur das, was sie für schrecklich wichtig hielten.

Die grüne Farbe des Leibes war den neugeborenen Mondleuten noch ganz unbekannt.

Aber das Gedächtnis des neuen Mondmannes ward sehr bald so reich und vollständig – wie das Gedächtnis des alten wenn dieser ganz weg war.

So wurde das Leben erhalten – in den heiligen Hallen der Wiedergeburt – tief unten in der Nähe des Mittelpunktes.

In die dunkelvioletten stillen Todesgrotten zogen die Mondleute müde hinein – und kamen verjüngt und lebensfrisch wieder raus.

Während Mafikâsu neben den Terrassen, die im Zickzack weiterführten, dahinschwebte und sich den Neugeborenen, die schon fortkonnten, zu nähern suchte – währenddem konnte man in den tiefergelegenen Partien der Todesgrotten ein leises Klopfen und Hämmern vernehmen – Mafikâsus Freunde suchten da unten eifrig Zugänge zu neuen Höhlen auf.

Verschiedene neue Höhlen, in die die Mondleute nur auf den Händen gehend hineingelangten – wobei sie irdischen Vögeln ähnelten, wenn die auf der Erdoberfläche gehen – verschiedene neue Höhlen waren schon weiterab in anderen Regionen entdeckt worden. Aber seit fünfzig Jahren hatten die Entdeckungen aufgehört – und wie oft sie auch da unten hämmerten und klopften – es klang an keiner Stelle hohl – es gelang nicht – auch unter den Todesgrotten kam man schlechterdings nicht weiter.

Und das machte die Mondleute da unten sehr traurig, denn danach ließ sich das große Fernrohr, das die Länge des Monddurchmessers erreichen sollte, nur nach kolossalen Bohrarbeiten durchbringen.

Und zu den Bohrarbeiten mußten alle Mondleute ohne Ausnahme hinzugezogen werden. Und das hielt sehr schwer.

Für die Bohrarbeiten ließen sich die beschaulich lebenden Mondleute nicht so leicht begeistern.

Ein halbes Jahr später saß Mafikâsu im Ratskrater, und die großen Erdfreunde Knéppara und Loso waren ebenfalls da.

Man sprach über die Erde.

Schließlich sagte Mafikâsu nach all den langen Reden kurz und feierlich:

»Ich möchte nicht mehr ein einziges Wort gegen die Erdbetrachtung sagen, wenn wir bemerken würden, daß die Erdmänner ganz ernsthaft darangingen, ihre bunt gefärbten Kriegsheere abzuschaffen, und nicht mehr daran dächten, sich in Masse gegenseitig umzubringen.«

Es wurde sehr still im Ratskrater – die hundert Ratsherren hielten sämtlich den Atem an.

Dann bemerkte nach einer guten Weile Knéppara, der Erdfreund, leise:

»Die Existenz dieser kostümierten Massenmörder ist auch uns ein Dorn im Auge.«

Nach diesen Worten ließ sich wieder ein leises Atmen in der Versammlung vernehmen.

»Ich möchte«, fuhr nun Mafikâsu mit klarer weithin hallender Stimme fort, »den Erdmännern genau fünfzig Jahre Zeit geben – und die Annahme oder Ablehnung der von mir geplanten Bohrarbeiten von der Weiterexistenz dieser irdischen Kriegsheere abhängig machen. Werden diese in fünfzig Jahren mindestens zur Hälfte abgeschafft, so wird von dem großen Fernrohr, das die Länge des Monddurchmessers haben soll, niemals mehr die Rede sein.«

Wieder wird es sehr still im Ratskrater – noch stiller als vor hin.

Und dann sagt der Erdfreund Loso leise:

»Dieser Vorschlag kommt uns doch etwas unerwartet. Ich wäre beinahe nicht abgeneigt, auf diese Sache einzugehen doch möchte ich zunächst Knépparas Meinung hören.«

Es entsteht jetzt eine allgemeine Bewegung.

Die hundert Ratsherren, die alljährlich und zuweilen auch öfter im Ratskrater über die allgemeinen Angelegenheiten der Mondvölker sich beraten und schließlich für alle Beschlüsse fassen, sitzen in drei weiten Kreisen auf Amethystsäulen, die von der Natur gebildet sind und sehr tief hinuntergehen; der mittlere Säulenring ist höher als der innere, und der äußere höher als der mittlere. Hinter dem äußeren Säulenringe, den fernen Wänden zu, liegen hohe kantige Klötze von Bergkrystall wild durcheinander, als wären sie mal runtergefallen; auf diesen Krystallklötzen sitzen Tausende von Zuhörern, die Stimme im Rate der Hundert nicht haben.

Der obere Teil der kuppelförmigen Ratsgrotte besteht wie die Wände ebenfalls aus Bergkrystall, der das Sonnenlicht teilweise durchläßt.

Die Ratsgrotte ist die einzige Grotte, die Sonnenlicht von den Wänden empfängt; sie erhält von diesem aber noch mehr durch das Kraterloch, das sich oben in der Mitte der Kuppel öffnet und die Amethystsäulenringe ganz ausgiebig mit Licht versieht.

Die Ratssitzungen finden immer nur statt, wenn draußen die Sonne scheint.

Da saßen nun die hundert Ratsherren auf ihren Amethystsäulen und sprachen eifrig miteinander, sie erhoben sich auch zuweilen und wechselten die Plätze, und sehr viele Ratsherren wurden glühendrot bei der lebhaften Unterhaltung.

Wenn die Ballonbäuche anschwellten und sich dadurch die Rümpfe höher aufreckten – so sah das immer – besonders bei roten Leibern – sehr erregt aus – geschah jedoch nur aus Bequemlichkeitsrücksichten, um dem Nachbarn bei der Unterhaltung näher zu sein.

Der Platzwechsel geschah ganz zwanglos – und wirkte sogar sehr elegant, wenn sich der Ballonleib beim Niederlassen so weich zusammenzog und sich so wellig um den unregelmäßigen Krystallkopf der Amethystsäule schmiegte – es lag so was Weichumfassendes in diesem Platznehmen.

Und nun hob Knéppara seine zarte Rechte mit den sieben Fingern empor – und die sieben Finger wurden rot – und flatterten in der Luft herum.

Und der ganze Knéppara wurde rot und blies seinen Ballonleib auf, so daß sich sein Rumpf hoch aufreckte. Da wußten alle, daß Knéppara sprechen wollte.

Und es ward wieder still in der großen Ratsgrotte – und das Tageslicht kam von oben aus dem Krater ganz hell herunter und überstrahlte die Fühlhörner auf den Köpfen der Ratsherren.

Der Phosphorglanz des Körpers verschwand im Tageslicht – die Körper wurden perlgrau – flimmerten auch mal so ein bißchen wie Perlen – doch nur matt und nicht lange.

Die Mondleute, die da rot waren wie glühendes Eisen, bliebens auch im Tageslicht.

Die Zuhörer in den Nischen und auf den Klötzen von Bergkrystall saßen wie Steinfiguren da – unbeweglich und farblos.

Die Ratsherren hatten jetzt alle eine flimmernde bunte Haut – und nur der Knéppara, der reden wollte, hatte eine rote Haut.

Und der weise Knéppara sprach:

»Nach den Worten des großen Mafikâsu hätte man glauben können, wir seien nur Erdfreunde, um die kleinen Erdmänner zu beobachten. So aber ist dem doch nicht. Wir denken doch nicht daran, die Erdmänner mit den Mondmännern zu vergleichen. Wir denken auch nicht daran, die Erdmänner zu den Mondmännern in ein gegensätzliches Verhältnis zu bringen. So viel Ehre tun wir den Erdmännern, diesen simplen Beinkreaturen, gar nicht an. Was uns zur steten Beobachtug der Erde reizt, hat natürlich andre Gründe. Uns interessiert in erster Linie der Stern Erde als Ganzes. Und wenn wir den Erdmännern bei Beobachtung der Erde eine größere Aufmerksamkeit widmen – so geschieht das nur, weil der von uns so genannte Erdmann die größten Arbeiten bei Entwicklung der Erdoberfläche vollbringt. Wir sehen, wie der Erdmann Schienennetze und Drahtnetze um den Erdball spinnt, wir sehen auch den Erdmann große Steinmassen an vielen Punkten der Erde zusammentragen und auftürmen und in diesen Steinmassen eine Überfülle von Licht zur Nachtzeit erzeugen. Aber all diese Tätigkeit des Erdmanns genügt nicht, um ihn mit einer höheren Stufe von Geistern zu vergleichen. Dem nach können wir vorläufig noch nicht verlangen, daß der Erdmann seinen niedrigen Mordinstinkten entsagen soll – er gehört zur Klasse der sogenannten Bestien, und wir haben kein Recht, von diesen mehr zu verlangen, als ihre jämmerliche Gewalts-Natur leisten kann.«

Die Zuhörer an den Krystallwänden ringsum sahen sich nach dieser Rede bedeutungsvoll an und gaben sich viele Zeichen der Zustimmung; nur einzelne schüttelten den Kopf.

Unter den Zuhörern waren alle Rassen der Mondbevölkerung vertreten. Die Rassen unterschieden sich vornehmlich durch die Zahl der Finger und durch die Länge der Arme. Es gab Mondmänner mit drei Fingern und auch solche mit vier oder fünf oder sechs oder sieben Fingern an jeder Hand, und die Länge der Arme brachte noch weitere nationale Unter schiede hervor.

Zu jedem Krater gehörte gewöhnlich eine ganz bestimmte Rasse, was jedoch nicht ausschloß, daß an größeren Kraterteleskopen auch Mondmänner der verschiedensten Rassen tätig waren. Irgendein inneres Widerstreben gegen Vertreter anderer Rassen war seit Jahrtausenden unbekannt, da die Gestalt der Gliedmaßen auf die Ausgestaltung der Geistesstruktur nur einen untergeordneten Einfluß hatte.

Nach einer längeren Pause, in der eine Unterhaltung in den drei Ringen nicht stattfand, nahm wieder Mafikâsu das Wort und sprach – langsam – und still:

»Die Beschäftigung mit den Erdmännern scheint mir doch nicht ohne Selbstzweck zu sein. In den Bibliotheken, die der Erdbeobachtung angehören, befinden sich nun bereits Millionen von Büchern und Mappenwerken, in denen nur Lebensmomente der Erdmänner fixiert wurden. Wir wissen, daß die Erdmänner auf einer sehr niedrigen Entwicklungsstufe stehen; sie bedürfen noch fester Nahrung – sie ernähren sich dadurch, daß sie verwandte Lebewesen als Leichen in ihren Körper stopfen und da vermodern lassen. Wir nennen das den Bestienzustand. Die Erdmänner sind aber viel schlimmer als die gewöhnlichen Bestien – sie richten einzelne ihrer Stammesgenossen dazu ab, andere Stammesgenossen durch Schuß-, Schlag- und Sprengwaffen zu töten, um ihnen das, was sich diese ihre Brüder geschaffen haben, fortzunehmen. Das sind saubere Brüder! Knéppara sprach von kostümierten Massenmördern. Ja – wie soll ich das verstehen? Will uns Knéppara dadurch beweisen, daß er die Erdmänner gründlichst verachtet? Die Bibliotheken mit den Millionen Büchern und Mappenwerken, deren ich vorhin Erwähnung tat, sprechen doch eine andere Sprache. Ich halte es doch für bedenklich, wenn die harmonisch gebildeten Mondmänner solchen gemeinen Kreaturen, die ganze Scharen ihrer Stammesgenossen zu Massenmördern abrichten, noch immer ein so großes Interesse entgegenbringen, daß viele Tausende von neuen Büchern alljährlich nur mit den Taten dieser Bestienvölker erfüllet werden. Ich glaube nicht daran, daß diese Beschäftigung nur ein Mittel zu hciheren astralen Zwecken sein könnte. Ich kann nicht daran glauben. Wir sollten doch den Lebewesen, die höher stehen als wir, das größere Interesse entgegenbringen. «

Mafikâsu schwieg, und ein leises Beifallsmurmeln ging an den Krystallwänden durch die Reihen der Zuhörer.

In den drei Amethystringen bewegte sich niemand; man erwartete, daß Knéppara nochmals sprechen würde.

Und Knéppara sprach – nach einer guten Weile – also:

»Da der Stern Erde nicht durchsichtig ist, wie es vielleicht die Rückseite unseres Mondes sein könnte, so müssen wir uns mit dem Studium der Oberfläche des Erdballs begnügen. Ich wüßte aber nicht, wie man dabei das höchst bewegte Leben der Erdmänner übersehen möchte. Daß die Lebensverhältnisse auf der Erdoberfläche sich nicht im Stadium einer höheren Entwicklung befinden, ist uns doch sehr wohl bekannt. Von der rauhen Schale kann man aber nicht so ohne weiteres auf die Beschaffenheit des Kernes schließen. Wir beschäftigen uns mit der Schale – nur in der Hoffnung, daß sie uns mal einen Einblick ins Innere der Erde gewähren könnte.«

»Dazu also«, rief nun der Mafikâsu laut, »die kolossale Arbeit? Dazu? Bloß um mal ins Innere sehen zu können? Oh! Oh! Ich glaube, es ist nicht richtig, die Sterne mit den Nüssen zu vergleichen, die ja wohl zuweilen auf unsern Moosfeldern wachsen. Wenn unsre Nüsse platzen, verbreiten sie ja wohl einen angenehmen Duft. Aber die Sterne – wenn die platzen! Das ist doch nicht so einfach. Ich bin der Meinung, daß der Stern Erde in einem Zustande sich befindet, der uns nicht interessieren kann, da unser Mond in diesem Zustande vor vielen Millionen Jahren war. Und was so viel jünger ist, kann nicht interessanter als das Ältere sein. Ich halte den Stern Erde auch im Innern für unentwickelt. Der Kern ist noch lange nicht reif, und die Schale platzt noch lange nicht. Und darum sollten wir das Studium dieses Sterns aufgeben und unsern Blick auf jene Sterne richten, die den Mond an Großartigkeit und Vortrefflichkeit überragen.«

Da lief der große Knéppara ganz grün an, ohne es zu bemerken – so sehr ärgerte er sich über Mafi's Worte.

Und die anderen neunundneunzig Ratsherren erschraken über die grüne Haut des ärgerlichen Knéppara und gerieten in die peinlichste Verwirrung.

Aber der große Knéppara nahm das alles nicht wahr, richtete sich hoch auf, daß sein Leib beinahe Kugelform erhielt, und sprach mit flatternden Händen und Armen in heiserem Tone:

»Wenn die Weltfreunde den Stern Erde angreifen – in dieser Weise – dann muß ich den großen Weltfreunden doch auch ein offenes Wort sagen: Dieses Streben nach immer neuen Genüssen und nach immer neuen Welten hat durchaus den Charakter der Unersättlichkeit – und nicht den der Beschaulichkeit. Und so bin ich der Uberzeugung, daß sich die Weltfreunde in einem überreizten Zustande befinden.«

Knéppara hielt inne, denn er bemerkte, daß seine Hände noch grüne Flecken zeigten – zwar fuhr er gleich wieder fort in seiner Rede – doch jetzt klangen seine Worte plötzlich leise – wie aus weiter Ferne.

»Solche unbefriedigten Zustände«, sagte er, »sind den Erdmännern sehr genau bekannt. Die Erdmänner leiden unter einer unersättlichen Gier nach immer neuen Reizen, wenn ihr Sexualsystem überreizt worden ist. In solchen Zuständen will auch der Erdmann in andere Welten hinein – und würde so den Weltfreunden bei uns sehr gut gefallen. Ich tue daher wohl nicht Unrecht, wenn ich unsre Weltfreunde mal mit den überreizten Erdmännern vergleiche. Wohl haben wir Mondleute ein so primitives dualistisches Sexualsystem, wies die Erdmänner kennen, nicht mehr – aber ich weiß nicht, ob ich in dieser Gier nach den neuen Welten und nach dem großen Fernrohr, das die Länge des ganzen Monddurchmessers wirklich erreichen soll – nicht atavistische Empfindungen wittern dürfte. Jedenfalls gebe ich den Weltfreunden in jedem Falle zu bedenken, daß sie durch ihre Agitation fürs große Rohr die Begehrlichkeit der Mondvölker in gefahrdrohender Weise aufreizen und das beglückende Aufgehen in der Anschauungsfreude verletzend bedrängen. Ich bitte um Verzeihung, daß ich vorhin grün wurde. Ich fühle, daß alles, was die Erdfreunde auf dem Monde schufen und sammelten, in leichtsinniger Weise vernichtet werden könnte – und das erregt in mir Furchtgefühle, die mir zeitweise leider unmoglich machen, die Vergrünung meines Korpers zu verhindern.«

Nach diesen Worten legte sich eine bleierne Stille auf die Versammelten – auch an den Wänden bei den Zuhörern schien alles versteinert zu sein – die Mondleute saßen wie Puppen da und bewegten nicht ein Fühlhorn.

Alle dachten über das, was Knéppara gesagt hatte, furchtbar eifrig nach.

Man glaubte allgemein, der große Mafikâsu würde noch einmal das Wort ergreifen.

Aber das geschah nicht so, wie mans dachte.

Mafikâsu sagte nur leise, nachdem es fast eine Stunde ganz still gewesen war:

»Ich bitte, über meinen Antrag abzustimmen. Wir wollen die Entscheidung über die Bohrarbeiten und über das große Fernrohr von der Weiterentwicklung des erdmännischen Kriegswesens abhängig machen. Werden die großen Heereskörper, die in dieser Größe noch keine hundert Jahre alt sind, in den nächsten fünfzig Jahren sichtbarlich verringert, so daß nach fünfzig Jahren nur noch die Hälfte der momentan vorhandenen Soldaten da ist – so verzichten die Weltfreunde auf das große Fernrohr und auf sämtliche Bohrarbeiten für alle Zeiten endgültig.«

»Ist es«, fragte da ein Erdfreund, »auch sicher, daß wir die Zahl derer, die zu Heereszwecken auf Erden kostümiert sind, jeder Zeit genau zählen können?«

»Das läßt sich machen! « erklärte der weitsichtige Loso, »die Erdmänner im Kriegskostüm heben sich täglich so lebhaft von der Landschaft ab, daß wir höchstens die Kranken übersehen könnten. Wir haben aber überall die Zähllisten und viele kriegswissenschaftliche Werke seitenweise photographiert, so daß uns nicht einmal die kranken Kriegsmänner entwischen dürften.«

Hierauf gaben sich die Ratsherren gegenseitig durch Handbewegungen zu verstehen, daß sie geneigt seien, die Abstimmung vorzunehmen.

Und wies nun wieder ganz still wurde, fingen einzelne Mond-männer an, allmählich glühendrot zu werden, während andere allmählich dunkelgrau wurden und jeden Farbenton verloren.

Die Roten sagten durch ihr Rot, daß sie den Antrag annehmen möchten, die Grauen sagten durch ihr Grau ein entschiedenes Nein.

Und als nun die Roten gezählt wurden, warens nur dreiund-zwanzig Rote – und es hätten fünfundsiebzig Rote gewesen sein müssen, wenn Mafikâsus Antrag angenommen sein sollte.

Mafikâsu lächelte.

Und die hundert Ratsherren bliesen ihren Ballonbauch auf und stiegen langsam höher – schwebten durchs Kraterloch empor – in den hellen Sonnenschein.

Rasibéff, der unter den Zuhörern war, schoß eilig auf Mafikâsu zu und lächelte ebenfalls.

Die Weltfreunde waren mit der Abstimmung gar nicht unzufrie-den.

Während nun die Weltfreunde gar nicht unzufrieden waren und dem Gange der Ereignisse mit ruhiger Zuversicht entgegenblickten, bemächtigte sich der Erdfreunde eine ganz außergewöhnliche Erre-gung.

Und nach Verlauf einiger Mondtage waren Tausende von Erd-freunden von ihrer ›Sache‹ dermaßen begeistert, daß man bei ihnen von ruhiger Anschauungsfreude kaum noch Spuren wahrnahm.

Die Weltfreunde sahen sich plötzlich einer gradezu schwungvol-len Gegenagitation gegenüber.

Zunächst versuchten die an den Zinnkratern tätigen Mondleute bessere Photographien von den Gesichtern der Erdmänner zu ver-breiten; es wurde sehr eifrig überall erklärt, daß die bislang bekannt gewordenen Gesichter der Erdmänner keinen Schluß auf die All-gemeinheit der erdmännischen Gesichtsbildung zulassen.

Der in allen photographischen Fragen maßgebende Ratsherr Loso äußerte sich zu dieser Angelegenheit in einem Rundschreiben fol-gendermaßen:

Wir können vom Monde aus naturgemäß nur selten das freie Gesicht des Erdmannes sehen – hauptsächlich nur dann, wenn dieser auf dem Rücken auf freiem Felde daliegt und schläft. Wir wissen nun aber, daß diese Schlafenden zumeist ›obdachlos‹ sind, welches Wort auf Erden soviel wie ›gemeingefährlich‹ bedeutet. Diese Obdachlosen, die von den Erdmännern auch ›Stromer‹ genannt werden, haben Gesichter, die uns ein ganz falsches Bild von der Beschaffenheit der erdmännischen Gesichtsbildung geben. Wir veröffentlichen daher zunächst zweitausend Erdmannsgesichter, deren Bildung nicht als eine einfach-bestialische bezeichnet werden kann. Es zeigt sich in diesen neu herausgegebenen Photographien eine immerhin so ansprechende Gemütsart, daß wir das Stromerantlitz schlechterdings als Ausnahme behandeln müssen. Vorstehendes bitten wir gütigst zu berücksichtigen und danach die Vorstellungen vom Wesen des Erdmannes zu modifizieren.

Gleichzeitig veröffentlichte Knéppara, der sich immer noch sehr aufgeregt benahm, ein anderes Rundschreiben, das diesen Wortlaut hatte:

Die Kraterteleskope der Erdfreunde haben infolge ihrer beispiellosen Vergrößerungskraft in der letzten Zeit eine so kolossale Fülle von Beobachtungsmaterial geliefert, daß es momentan bereits schwer ist, das Wichtige vom Nebensächlichen zu trennen. Wohl gehören die Erdmänner im allgemeinen zu den niedrigen Lebewesen, die nur durch Abtöten und Runterschlucken andrer noch niedriger stehender Lebewesen ihre Existenz verlängern können – andrerseits muß es aber nach den photographischen Buchseiten, die für uns jetzt endlich lesbar geworden sind, auch Erdmänner geben, die von der Welt mehr als das Eß- und Trinkbare wahrnehmen. Diese Erdmänner, die bedeutender sind, heben sich deutlich aus den abstoßenden Volksmassen heraus; die Galerie dieser alleinstehenden Erdmänner verspricht, eine sehr interessante zu werden. Während die Mondmänner infolge ihrer vollendeten Natur, die sich ohne weiteres durch bloße Luftzufuhr am Leben erhält, in den Hauptzügen ziemlich gleichartig sind, ist die so heftig nach Erhaltung ringende Lebensart auf der Erde imstande, einen viel größeren Reichtum an Entwicklungsformen zu äußern. Die allgemeine Verachtung, die wir bislang dem Erdmann entgegenbrachten, scheint denn doch in mancher Hinsicht eine durchaus gerechtfertigte nicht zu sein. Wir dürfen nicht vergessen, daß die Erdleute infolge der mangelhaften Beschaffenheit ihrer Natur sehr oft darüber nachdenken, wie sie wohl ihr klägliches Leben verbessern könnten. Und bei diesem Nachdenken kommen Dinge zum Vorschein, die die Erdleute mit dem Namen ›Kunst‹ belegen. Wir haben dieses Wort ›Kunst‹ bereits seit Jahrtausenden vergessen, da unsre mangellose Lebensweise uns nicht nahelegt, ein besseres Leben, das wir nicht zu einem wirklich für uns daseienden machen können, auszudenken und auszumalen. Jedoch die Erdleute erregen immer wieder ihre Phantasie und schaffen sich eine andere bessere Welt in dieser. Wohl tun das nur die feineren Erdleute – aber diese müssen doch da sein – sonst könnten wir auf der Erde nicht Malereien, Steinbauten, Standbilder, Dichtungen und Musikwerke in so großer Zahl entdecken und photographieren. Vielleicht können wir später mal aus dem Zusammenwirken der verschiedenen irdischen Künstlerindividualitaten, zu denen wir auch gar nicht unkluge Denker, die nur über die Welt nachdenken, ohne was wie wir von ihr zu sehen, zu rechnen haben, einen vernünftigen Schluß ziehen – auf die Gesamtnatur des Sterns, der fur uns Erde heißt und doch auch als Stern sehr interessant sein muß. Zu diesem Behuf erscheint uns eine Weiterarbeit an dem uns vorliegenden riesenhaften photo graphischen Material, das uns von allen Erdteilen Millionen von Bildern liefert, durchaus erforderlich. Durch Jahrtausende beobachten wir bereits die Erde, und unsre Apparate sind mit der Zeit vollkommen geworden. Die Einschränkung der Arbeiten an den Teleskopen, die ständig auf die Erde gerichtet werden, erscheint uns grade jetzt in absehbarer Frist nicht für angänglich. Wir bitten die Mondvölker alle ohne Ausnahme, das hiermit Gesagte gütigst in Erwägung zu ziehen und danach die Tagesfragen sachgemäß zu beurteilen.

Nun – diese beiden Rundschreiben gaben einen sehr großen Gesprächsstoff ab, so daß ein Mondmann, der bloß silbern phosphorescierte und keine Spur Röte am Körper zeigte, bald so seltsam auffiel wie ein pechschwarzer Komet.

Jetzt wurden von den Mondleuten infolge des lebhaften Verkehrs auch wieder jene Krater aufgesucht, in denen sich beim Luftwechsel zu bestimmten Zeiten herrliche Töne hören ließen – die oft wie große Orchestermassen in klangvoll rauschendem Melodienfluß das Ohr mit Entzücken erfüllten – wie Töne aus fernen Geisterwelten.

In der Nähe dieser Musikkrater wurde von der Kunst der Erdmänner oft in sehr erregten Worten gesprochen. Und mancher Mondmann hielt es gar nicht für einen Vorzug im Mondleben, daß in ihm alles Herrliche auch ohne Zutun der Mondmänner da war – während auf der Erde die verschiedenen Erdmänner sich eigene, nur ihnen selbst gehörende Welten erschaffen konnten.

Der Weltfreund Rasibéff gab sich große Mühe, klarzulegen, daß in den Mondteleskopen eben unzählige Welten da seien und daß die doch besser seien als die zusammengedachten das Zusammendenken sei für die Kreaturen doch mehr Quälerei als Vergnügen – und das große Teleskop von Monddurchmesserlänge werde eben mehr Welten sichtbar machen – als Millionen Erdleute ausdenken könnten.

»Die Kunst der Erdmänner brauchen wir eben nicht mehr.«

Das erklärte Rasibéff immerzu; er behauptete auch, daß die grandiose Kratermusik nie und nimmer von den kleinen Instrumenten der Erdleute nachzumachen sei.

Die Konzerte, die die Krater zum besten gaben, ließen allerdings an Vielseitigkeit nichts zu wünschen übrig, da die natürliche Konstruktion der porosen Kraterwände alle denkbaren Varianten auch zur Ausführung brachte. Es war eben überflüssig, die natürlichen Kompositionen zu überbieten; sie überboten sich ja von selber immerfort.

Die Mondleute konnten eigentlich, wenn sie fein ihre Ohren spitzten, überall auf der Oberfläche die feinste Musik vernehmen, die Goldkäfer trugen ebenfalls, wenn die Sonne nicht schien, das ihre zu der Musik bei; die Goldkäfer warfen sehr oft einen drolligen Glanzkitzel in die Tonwelten hinein – etwas Lächelndes stak in den oft zitternden Stimmen dieser Goldkäfer – als wüßten sie was von den fernsten Sternen.

Es gab Krater, die nur durch gewaltig komplizierte Harmonien immer wieder neue ergreifende Stimmungen im Zubehör auslösten; andere Krater wirkten wieder nur durch Melodien.

Rasibéff wurde gar nicht müde, die unzähligen Vorzüge der Mondmusik an allen Ecken und Kanten auseinanderzusetzen, die irdische Kunst war nach seiner Meinung wirklich nur ein Notbehelf.

Die Agitation der Erdfreunde wurde durch Rasibéffs Eifer bedrängt – gleichzeitig aber auch aufgestachelt – zu noch größerer Energie.

An einem stillen Abend nach langen Reden am Schwammkrater schwebt Rasibéff hoch über den Moosfeldern ins Dunklere, blickt stolz zum großen Himmel auf, in dem die unzähligen Sternwelten funkeln und glühen – auf schwarzem Grunde.

Unten am Horizonte sieht Rasibéff auch die Erde als große karminrote Scheibe – und er wendet sich ab – und wird grün vor Ärger – und schüttelt sich, als er das bemerkt – und blickt scheu um sich – und sieht unter sich die unzähligen Goldkäfer, die die Oberfläche des Mondes ebenso erscheinen lassen, wie ein Himmel mit Sternwelten in Augen ohne Fernrohr aus sieht, so daß Rasibéff plötzlich glaubt, mitten unter unzähligen Sternen zu schweben und ihnen ganz nahe zu sein.

Und der Weltfreund steigt auf wie ein rotglühender Feuerball und möchte aus der Atmosphäre raus – und wird oben grün, wie er fühlt, daß er nicht höher kann.

»Die Vollkommenheit unsres Lebens«, sagt er heftig, »ist nur dann da, wenn wir aus unsrer Luft nicht rauswollen.«

Währenddem wird unten in den Rauchergrotten, wo die kolossalen Fächerblumen nach allen Seiten immerzu wachsen und zerfallen, von der Bedeutung der erdmännischen Individualität gesprochen.

Und Knépparas Rundschreiben wird heftig angegriffen.

Der sonst so ruhige wissenschaftlich denkende Zikáll, der für gewöhnlich nur mit chemischen Kochtöpfen beschäftigt ist, hält eine lange Rede, in der er zum Schlusse sagt:

»Darüber wollen wir uns doch ja nicht täuschen: daß die weisen Erdmänner auch alle Tage ein paar Bestienzüge in ihren Charakter schmieren – das macht diesen nicht reicher. Die Mondleute unterscheiden sich auch voneinander – aber sie können doch nicht interessanter werden dadurch, daß sie in atavistischer Weise Bestienzüge in ihren Charakter schmieren. Knéppara ist so nervös geworden, daß er schon ganz ungereimte Sachen redet. Wenn die Opposition doch bloß nicht immer gleich zu weit gehen möchte!«

Zikáll trifft drei Tage später in den dampfenden Bädergrotten, in denen man auch Wolken studieren kann wie bei den Rauchern, den schwitzenden Rasibéff.

Und dem Rasibéff sagt der Zikáll:

»Mein Freund! Daß wir auf der Mondoberfläche weder Wolken noch Nebel haben – das ist ein Mangel auf dem Monde – daher müssen wir uns immer noch eifrig um die Erde kümmern, weil da Wolken und Nebel in Hülle und Fülle zu haben sind.«

»Oho!« erwidert Rasibéff, »in diesem herrlichen Schwitzbade, in dem ich jetzt rotglühend herumschwebe, sehe ich Nebel und Wolken genug – vollauf genug.«

Der Zikáll lacht und ruft:

»Also in dieser Beziehung bist Du wieder sehr anspruchslos. «

Kopfschüttelnd schwebt der große Mann der Wissenschaft weiter – um seine chemischen Kochtöpfe wiederzusehen.

Rasibéff aber empfindet in seinen Fühlhörnern auf dem Kopfe ein leises Zucken – und das bedeutet, daß Mafikâsu seinen Rasibéff sprechen möchte; mit den Fühlhörnern stellen sich leicht elektrische Verbindungen zwischen den Mondleuten her.

Gleich fliegt der Rasibéff auf und läßt sich von seinen Fühlhörnern leiten und kommt durch den Porphyrkrater an die Oberfläche des Mondes, die im hellen Sonnenscheine daliegt – wie ein Funkenreich; das Glitzern der Moosfelder sieht umherspringenden Funken gleich.

Und Mafikâsu schwebt über den Funken und lacht und trommelt lustig auf seinem Ballonbauch, kommt auf seinen Rasibéff zu und stößt so feste mit seiner großen Luftblase gegen die seines Freundes, daß es knallt.

Rasibéff wundert sich über diesen ungewöhnlichen Empfang, aber der große Mafikâsu ruft immer noch lachend:

»Heute, lieber Rasibéff, mußt Du mir erlauben, daß ich mit Dir spaße. Steige auf mit mir in die Sonnenluft – so hoch wir können. Oben will ich Dir ein paar Scherzfragen vorlegen, die Du mir ganz richtig beantworten sollst.«

Und sie stiegen empor in die sonnige Luft – und sahen hinauf in den moosgrünen Himmel und hinunter auf die dunkelgrünen Moosfelder und auf die kleinen Krater, die zwischen den Moosfeldern lagen.

Sehr hoch stiegen die beiden nicht, denn den Mondleuten ist das nicht vergönnt, da die Luftschicht sich nur an den hohen Bergen höher hebt.

Und oben fragte der große Mafikâsu, während er melodiös trommelte, seinen großen Apostel Rasi: »Sage mal, was sind das da für Krater, die da unter diesem moosgrünen Himmel zwischen den moosgrünen Moosfeldern liegen?«

Rasibéff sah seinen großen Meister lachend an und sagte mit ausgestreckten Armen:

»Das da unten sind die berühmten Messingkrater, in denen die großen Teleskope des großen Loso stecken, der nur die Erde betrachten läßt, weil auf der Erde die interessanten Erdwürmer herumkrabbeln, die ihresgleichen in der ganzen Welt nicht haben.«

»Gut, mein Sohn!« versetzte der Mafi, »nun sage mir auch, was die gleißenden Streifen bedeuten, die wie Radspeichen von den Kratern aus strahlenförmig nach allen Seiten gehen. Na?«

Der Rasi hoh seine Arme zum grünen Himmel empor, drehte sich ein paarmal blitzschnell um sich selbst und sagte:

»Das sind die Glasfenster von Loso's Photographiegrotten. Unter den Glasfenstern sind die drolligen Photographien vom Erdball am Tage so hell, daß man sie mit Bequemlichkeit bearbeiten und betrachten kann.«

Die beiden sahen sich jetzt lange an, und ihre Fühlhörner auf dem Kopfe zitterten und wurden rot.

Die beiden Mondmänner wurden auch im runzlichen Gesichte rot – und dann im Rumpf – und dann auch im Ballonbauch.

Das stach aus dem grünen Himmel fein raus.

Und Mafi sagte:

»Kannst Du Dir bei den Glasfenstern nichts denken, lieber Rasi ?«

»Ich denke«, versetzte dieser, »an die andre Seite des Mondes, von der die Erdmänner noch niemals was gesehen haben – und wir auch nicht viel.«

»Nun also«, versetzte der Mafi,« so wisse, daß ichs für richtig halte, unsere Agitation vorläufig nur um die Glassteine der anderen Mondseite zu konzentrieren. Loso braucht noch mehr Glas für seine Photographien, und demnach wird er geneigt sein, für einen abermaligen Versuch, in das Jenseitsland des Mondes zu dringen, seine Stimme abzugeben.«

Da lachte der Rasi, und der Mafi lachte ebenso. Und sie schwebten – eifrig ihren Plan besprechend – in den nächsten Krater hinein und hinunter – im blitzschnellen Fluge – mit schlappem Leibe – durch die Delikatessgrotten durch – in das große Fabrikreich des Mondinnern, allwo die roten grünen und blauen Flammen rauchlos über den Schornsteinen und an den Wänden hin und her flackerten.

Hier unten wurden gleich die Mondleute, die an den eisernen Röhren arbeiteten, mit dem neuen Plane bekanntgemacht.

Und es entstand eine allgemeine Bewegung unter diesen Fabrikarbeitern, denn die gehörten sämtlich zur Weltpartei und wünschten sehnlichst die Zeit herbei, in der das große Fernrohr in Arbeit genommen werden mußte – solche Riesenarbeiten machten ja den Fabrikarbeitern immensen Spaß.

Allen leuchtete es ein, daß eine Expedition zur Erforschung der Glasseite wohl die Zustimmung des hohen Rates erlangen könnte – und daß mit dieser Zustimmung schon viel gewonnen sei – für die Weltpartei.

Kaum jedoch war man darüber einig, so kamen Boten von allen Seiten rotglühend herangeflogen und erzählten, daß an den Randgebieten des Mondes, die zur Jenseitsseite hinüberführen, neue Blumen entstanden seien, die blitzschnell – viel schneller als die Blumen in den Rauchergrotten – aus den Moosfeldern heraussstiegen und ebenso blitzschnell wieder zusammenbrächen unter seltsam pfeifenden Tönen.

»Das ist«, rief da donnernd der große Mafikâsu, »die Sprache des Mondes selbst. Der Mond selbst will unsre Expedition. Er ruft uns. Wir müssen ihm folgen! Auf! Weltfreunde! Wir müssen siegen!«

Und eine schwärmerische Stimmung bemächtigte sich in wenigen Stunden der gesamten Mondbevölkerung – an allen Kratern – in allen Parteilagern.

»Diese Blitzblumen kamen zur rechten Zeit!«

Also rief der wild herumjagende Rasibéff.

Und jetzt wurde – es war überraschend – die Partei der Weltfreunde – ohne jede weitere Anstrengung – in jeder Stunde größer und stärker.

Die Erdfreunde konnten sich plötzlich gar nicht mehr Gehör verschaffen.

Selbst die Sterbenden in den Todesgrotten hörten von den großen neuen Blitzblumen – und die Ruhe ward dadurch auf den stillen Terrassen – an den dunkelvioletten Wänden – vielfach gestört.

Die Mondleute flogen in hellen roten Scharen zur Jenseitsseite des Mondes – und staunten in den Randgebieten das große Wunder an.

Überall zuckten in den Randgebieten riesenhafte bunte Blumen wie Blitze aus den Moosfeldern heraus – und sanken blitzschnell wieder in sich zusammen – wie elektrisches Feuerwerk.

Das Pfeifen hörte sich wie ferne hastige Stimmen an – als sprächen wilde Geister von der anderen Seite des großen Mondes.

Rauchen ließen sich diese Blumen nicht.

Und durch die Mondmänner wuchsen sie, ohne eine Empfindung zu erzeugen, blitzschnell durch.

Und die Mondleute schwebten nun in so großen Scharen zu den neuen Blitzblumen, daß es nachts oft so aussah, als ginge ein elektrischer Funkenregen übers kraterreiche Mondgefilde.

Knéppara freute sich über diese elektrische Blütenpracht, die in ihrer ganzen Herrlichkeit nur in dunkler Nacht zu sehen war, keineswegs.

»Mafikâsu«, sagte er, »hat ein unbegreifliches Glück. Bei dieser Aufregung der Mondvölker ist es ganz sicher, daß die Expedition nach der andren Seite des Mondes nicht verschoben werden wird.«

»Das ist auch«, rief der große Loso dazwischen, »nicht beklagenswert. denn wir werden so mehr Glas bekommen, und ich muß gestehen, daß wir noch sehr viel Glas gebrauchen können; unsre Vorräte gehen durch das ewige Photographieren doch allmählich zur Neige – und wir brauchen auch Grotten mit Oberlicht. Bei Leib-, Wand- und Goldkäferlicht kann man nicht viel sehen – wenigstens nicht genug.«

»Du wirst also«, versetzte Knéppara, »für die Expedition Deine Stimme abgeben – nicht wahr?«

»Ohne Zweifel!« rief der große Loso.

Und Knéppara wurde wieder ein bißchen grün und schwebte in schmerzlichster Verfassung mit seinem Ballonbauch in den großen Lesesaal der Erdfreunde hinein.

Der große Lesesaal war jetzt nur so schlecht besucht wie die kleinsten Lesesäle; von den Blitzblumen ließen sich auch die Erdfreunde in großen Scharen hinauslocken.

Die weißwandigen hellen Lesesäle waren sämtlich bodenlos, so daß die Lesenden und Schreibenden an vielen Stellen bequem übereinander sitzen konnten; an den Wänden stiegen steile Terrassen mit Sitzsäulen empor.

Die meisten Grottensäle im Innern des Mondes gestatteten nicht, daß man sich unten auf dem Grunde niederlassen konnte, da sich da zumeist glibbrige Pilze angesiedelt hatten.

In dem großen Lesesaale, in dem sich jetzt der Knéppara niederließ, brachte ein Inspektor zwei neue Folianten herbei, in denen sich der Abdruck einiger Zeitungsseiten befand, die man in der letzten Nacht photographiert hatte; es waren das wieder Zeitungsseiten, die von den Erdmännern herrührten.

Der Inspektor zeigte dem Knéppara eine recht merkwürdige Stelle in diesem Abdruck – da stand klar und deutlich:

Wir leben auf der Erde in einem aufgeklärten Jahrhundert. Unsre Technik macht täglich die bedeutsamsten Fortschritte. Nur unsre moralischen Anschauungen wollen sich immer noch nicht weiter entwickeln. Die Völker kleben noch an unzähligen Vorurteilen – eines der größten ist aber, daß wir uns scheuen, das Fleisch frisch getöteter gesunder Menschen zu verspeisen. Ein lächerliches Vorurteil! In den vielen blutigen Kriegen, die wir jetzt gegen die wilden Völker und gegeneinander führen, werden so viele Menschen getötet, die, trotz dem sie ganz gesund vor ihrem Tode waren, nach Empfang der Todeswunde ohne weiteres in die bereitgehaltenen Erd-

gräber geworfen werden und dort verfaulen müssen. Wir sind der Ansicht, daß ein derartiges Wegwerfen gesunder Fleischmassen ein himmelschreiendes Unrecht gegen unsre oft in sozialer Not befindlichen Volksmassen ist. Es wäre doch viel praktischer, das frische Fleisch der gefallenen Feinde sofort auf die Märkte der Sieger zu schicken und dort zweckentsprechend zu verkaufen. Wir sind der Überzeugung, daß dabei ein gutes Stück Geld verdient werden kann, da Menschenfleisch bekanntlich als Nahrungsmittel den allerersten Rang einnimmt; das Fleisch der Auster steht an Nährwert und Wohlgeschmack dem des Menschen in jeder Hinsicht nach. Es ist doch geradezu albern, eine derartige Delikatesse, der wir auf Erden schlechterdings nichts an die Seite setzen können, einfach abzulehnen – aus ›moralischen‹ Rücksichten – weils mal zufälligerweise bei uns nicht usuell ist! Diese Sitte! Na – wir haben durchaus keine Veranlassung, diese Sitte fürderhin zu schonen. Mit Hilfe unsrer vortrefflichen Waffen können wir in einer Sekunde Tausende von gesunden Wilden niederschießen und kurz und klein schlagen. Wenn wir uns nicht genieren, dieses zu tun, so brauchen wir uns auch nicht zu genieren, die Getöteten zu verspeisen. Das bringt doch das ewige Kriegsleben einfach so mit sich. Auch bei den immer häufiger werdenden Revolutionen hätten wirs doch wahrlich nicht nötig, die Erschossenen in die Erde zu verscharren. Wer sich gegen die Obrigkeit auflehnt, darf nach menschlichem Rechtsgefühl wohl auch von den Inhabern der Machtstellen verspeist werden; das kann das Ansehen einer jeden Regierung nur vermehren. Der gebratene oder geräucherte Revolutionär wird zu allen Zeiten einen ganz besonderen Leckerbissen abgeben. Es erscheint daher notwendig, unsre Gesetze entsprechend dem oben Mitgeteilten umzuformen, damit der Vergeudung gesunder Fleischmassen ein für alle Mal ein Ende gemacht werde. Der Mensch gehört dem Menschen und nicht den Würmern. Fort mit der Gefühlsduselei! Die schickt sich nicht für unser aufgeklärtes Jahrhundert. Wer Menschen totmacht, kann sie auch aufessen. Wozu sich genieren? Wenn das eine nicht strafbar unsern Gesetzgebern erscheint – so kanns das andere doch auch nicht sein. Wir verstehen es, trefflich mit unsern durchschlagenden Waffen umzugehen – lernen wirs auch, mit unsern Zähnen so trefflich umzugehen. Wir dürfen annehmen, daß uns unsre Köche das Fleisch unsrer Feinde in sehr appetitlicher Zubereitung vorsetzen werden; unsre moderne Küche ist doch zu allem fähig. Und was für Preise werden gezahlt werden für die ›feindlichen‹ Delikatessen! Da wird mancher Lebemann feste sein Portemonnaie rühren! Das vergesse man nicht! Da lassen sich feine Geschäfte machen! Wir werden uns doch all die fetten Bissen nicht wegschnappen lassen – von den Würmern. Nochmals sagen wir: Fort mit der Gefühlsduselei! Sie *führt zu nichts und verweichlicht nur die kriegerische Manneskraft unsrer stets kampfbereiten mut- und glorreichen europäischen Nationen, die allen ihren Glanz der Entwicklung ihrer schneidigen, allzeit schlagfertigen Volksheere verdanken.*

Nachdem Knéppara diesen Zeitungserguß gelesen, sah er lange den Inspektor an – und der Inspektor sah den Knéppara an – dann sagte dieser: »Ist das tatsächlich photographiert worden? Ist das tatsächlich...?«

Er konnte nicht weiter – er wurde einfach smaragdgrün – und leuchtete, wie ein Glühwurm auf der Erde leuchtet – in stillen Sommernächten.

Und die Lesenden und Schreibenden im Lesesaal blickten sehr erstaunt auf und schnttelten mißbilligend den Kopf, als sie ihren großen Knéppara wieder mal so grün sahen.

Der Inspektor reichte den Folianten mit den Zeitungsabdrücken herum.

Und die Mondleute, die sämtlich Erdfreunde waren, erschraken über diese die Erdmänner so kompromittierende Stelle. Inzwischen wurde langsam Knéppara wieder so silbern phosphorescierend wie sonst.

Als ers aber ganz war, rief er alle Mondleute, die sich im Lesesaale befanden, zusammen und ließ die kompromittierende Stelle in den Zeitungsabdrücken von dem Inspektor laut und deutlich vorlesen.

Nach der Vorlesung ergriff der weise Knéppara feierlich das Wort und sagte kurz das Folgende:

»Meine Herren! Für die Erdmänner spricht diese Stelle – nicht gegen die Erdmänner. Ohne weiteres werden Sie erken nen, daß dieser Artikel eine Satire auf das allgemeine Kriegs wesen ist. Man hat es auf der Erde dick bekommen, Millio nen von kostümierten Massenmördern dick zu füttern – und Herr Mafikâsu täte nicht klug daran, wenn er nochmals sei nen neulich vorgebrachten Antrag wiederholen möchte; der liebe Mafi könnte eklig reinfallen dabei – in fünfzig Jahren werden auf der Erde sogenannte ›stehende‹ Kriegsheere überhaupt nicht mehr existieren – das sagt Knéppara.«

Sagt es und schwebt lächelnd nach oben – durchs Eingangsloch durch – in den hellen Sonnenschein hinauf.

Der Himmel ist dunkelgrün und wie von Sammet.

Und Knéppara glänzt wie gleißendes Silber, während die Sonne wie gleißendes Gold glänzt.

Lächelnd schwebt der Führer der Erdfreunde weiter – über die kleineren Krater weg, die sich in der Nähe des großen Lesesaals befinden.

Und so kommt der unverzagte Führer zum hohen Sichelkrater, in dem das längste Teleskop der Erdfreunde verborgen ist.

Und oben am Kraterrande, der sichelförmig nur die eine Seite des Kraters abschließt, sitzt Zikáll, der Mann der Wissenschaft.

Und Knéppara setzt sich neben Zikáll. Beide schauen lange Zeit schweigend in den Kraterschlund, in dessen Mitte die große Linse des Teleskops wie ein Riesenauge glänzt.

Dann sagt Knéppara, ohne zu erröten:

»Wie denkst Du über die Blitzblumen?«

Zikáll verzieht sein hohes Rübengesicht in viele Falten, daß der Phosphor nur so glitzert, läßt die Fühlhörner seines ziemlich spitzen Schädels in der Luft herumschwirren – und sagt langsam:

»Mafi hat Glück. Er will in der nächsten Woche eine außerordentliche Sitzung der Ratsherren zusammenberufen und dann beantragen, sofort eine Expedition nach der anderen Seite auszurüsten. Und diese Expediton wird den Stein ins Rollen bringen.«

»Wir müssen«, erwidert ruhig der Knéppara, »die Ausrüstung der Expedition verhindern.«

»Das wird«, sagt Zikáll, »sehr schwer halten, denn Loso ist mit allen seinen Freunden auf Mafis Seite – und ich bins auch.«

»Warum Du?« fragt Knéppara.

»Weil ich«, erwidert der Zikáll, »sehr gerne wissen möchte, ob sich auf der Jenseitsseite das Glas in größerer Linsenform zeigt.«

»Und wenn das wäre?« fragte Knéppara wieder.

»Wenn das wäre«, antwortet leise der Mann der Wissenschaft, »so könnte ich daran glauben, daß die Mitte der Jenseitsseite eine kolossale Linse besitzt mit einem Durchmesser von vielen Meilen.«

»Und wenn«, fragt abermals der Knéppara, »auch dieses wäre?«

»Dann«, ruft Zikáll, »hat Mafikâsu mich zum besten Freunde gewonnen, denn dann ist die Hauptschwierigkeit bei dem großen Fernrohre, das die Länge des Monddurchmessers erreichen soll, behoben – denn dann brauchten wir die Hauptlinse für das große Rohr nicht mehr zu schleifen.«

Abermals wird Knéppara smaragdgrün – bemerkt es, bläht seinen Leib auf und steigt rasch empor in den grünen Himmel, in dem der grüne Mondmann nach ein paar Augenblikken unsichtbar ist.

Zikáll schüttelt den Kopf. Währenddem schwebte Mafi mit seinem Freunde Rasi in den Randgebieten herum, hinter denen das Jenseitsland der anderen Mondseite anfängt.

Und überall sprachen die beiden Weltfreunde mit Begeisterung von den herrlichen Glasgefilden des Jenseits.

Und bald hatten alle Mondleute eine große Sehnsucht nach jenen Glasgefilden, und die Expedition schien durchaus gesichert zu sein.

Die Blitzblumen nahmen unterdessen immer größere Formen an und wuchsen jetzt auch am hellen Tage in den sammetgrünen Himmel hinein.

Und die Mondleute glaubten, daß diese Blumen eine große Blumensprache sprächen.

Und die Weltfreunde deuteten diese Sprache natürlich zu ihren Gunsten.

»Der Mond selber«, sagten sie, »will, daß wir seine Glasgefilde näher kennenlernen, denn sonst würden die Blumen nicht so glasartig wirken.«

Das Glasartige und Durchsichtige, das jetzt den Blumen vielfach eigen war, schien nun allerdings die Meinung der Weltfreunde nur zu bestätigen.

Oft flatterten die riesigen steifen Blätter der Blitzblumen wie kolossale irdische Libellenflügel in der Luft herum.

Nur ein paar Sekunden lebten die geisterhaften Blumen aber sie ließen sich doch photographieren.

In den Photographien konnte man erst die ganze Farbenpracht und die entzückende Aderzeichnung der Blattwandungen erkennen und genießen.

Vor dem grünen Tageshimmel zeigten sich oft schneeweiße undurchsichtige Blüten, die immer meilenhoch sich entfalteten, und zuweilen oben noch die prächtigsten gelben und blauen Bandmuster zeigten, während die unteren Teile der Blüten gar nicht mehr da waren.

Nur selten wirkten diese Lichtgeburten wolkenartig; dazu hatte die Blattbildung zu viele Teile, die sich wie Scheiben aus dünnstem Glase ankrystallisierten.

Wären die Mondleute nicht durch die Blumen in den Rauchergrotten an derartige Erscheinungen gewöhnt gewesen, sie hätten sich gar nicht beruhigen können.

Verblüffend kams den Mondleuten nur vor, wenn die Blumen zuweilen durch ihren Körper gingen, ohne daß sie eine Gefühlsempfindung in ihren Leibern bemerkten.

Zikáll erklärte, daß mans hier mit Erscheinungen zu tun hätte, die denen der Elektrizität verwandt seien, aber mit diesen nicht identificiert werden dürften.

Die Männer der Wissenschaft erklärten die Blitzblumen für die reinen Problemblumen.

Ganz famos wirkte das Pfeifen, wenn die Blumen in der Luft zergingen.

In einer Nacht, in der die Erde unsichtbar blieb, erreichte die Lichtstärke der Erscheinungen ihren Hohepunkt; ein ganz kunterbuntes Mustergewirre, das wohl nur durch farbige Gläser, die in der Luft durcheinander schweben, vorstellbar zu machen wäre, bedeckte plötzlich den Himmel – und dann schossen gelbe Strahlen durch – und dann bildeten sich oben schillernde Seifenblasen, die ineinander übergingen, wobei sich grüne Wolkenblitze durchschlängelten, nach denen sich ein leises Knirschen vernehmbar machte – wie von nagenden Zähnen.

An den photographischen Apparaten wurde unausgesetzt fieberhaft gearbeitet.

Und die Mondleute an den Apparaten empfanden es immer wieder als Wohltat, wenn die Farbenspiele dieser Blitzblumen mal aussetzten oder sich in matteren Lichtflächen verteilten.

Als man sich an diese Blitzwelt ein wenig gewöhnt hatte, sprachen die Weltfreunde wieder mit verdoppeltem Eifer von den Glasgefilden, wobei sie eifrig die Glassteine, die früher im Jenseits gesammelt wurden, herumzeigten.

»Dort drüben«, sagte Zikáll, »werden wir natürlich nicht leben können – wenigstens auf der Oberfläche nicht – das schließt aber gar nicht aus, daß wir Eingänge finden, die uns in die herrlichsten Glasgrotten führen, in denen wir farbiges Tageslicht von oben empfangen – und Luft von unten.«

Zikáll trat jetzt für die Weltfreunde sehr lebhaft ein, und als er mal gefragt wurde, wie er sich denn die Expedition ins Jenseits vorstelle, gab er umständlich Antwort.

»Wir bauen«, sagte der Mann der Wissenschaft «einen großen Motor-Wagen mit mehreren Abteilungen, füllen das Innere mit einer genügenden Masse bester Luft, setzen ein paar Mondleute hinein und lassen sie einfach losfahren. Damit den Leuten nichts passiert, werden wir den Wagen mit langen Draht-Seilen versehen und diese am Rande in den Händen behalten. Der Wagen muß auf allen Seite kleine, aber sehr starke Glasfenster und auch auf allen Seiten Räder besitzen, damit ein gelegentliches Umkippen keinen weiteren Aufenthalt verursacht. Die Mondleute, die im Wagen sind, können uns dann telegraphisch von dem, was sie sehen und entdecken, in Kenntnis setzen. Es wäre wohl praktisch, eine größere Anzahl solcher Motor-Wagen loszulassen – und im Innern des einzelnen nicht mehr als zwei Mondleute unterzubringen, damit die Luft möglichst lange reicht. Es wird sich ja darum handeln, ob wir die Wagenkasten, die wohl Tonnen- oder Röhrenform haben müssen, so luftdicht herstellen können, daß ein längerer Aufenthalt in den Kasten möglich wird. Jedenfalls kann jeder Wagen noch einige Luftschläuche und für den Notfall auch Nasenschläuche mitführen. Ich muß mich übrigens sehr wundern, daß wir das alles nicht schon längst getan haben. Ein paar Meilen können wir auf die angedeutete Weise immerhin vordringen.«

Nach diesen Worten des großen Zikáll, die vor einem großem Publikum gesprochen wurden, zweifelte bald keiner mehr an dem Zustandekommen der Expedition.

Mafikâsu aber wich nicht mehr von Zikálls Seite. Und als dieser erst seine Vermutung von der meilengroßen Glaslinse, die im Zentrum des Jenseits sitzen sollte, bekannt werden ließ – da konnte der Mafi vor Entzücken gar nicht mehr zur Ruhe kommen. Wie ein Lauffeuer verbreitete sich die Hypothese von der großen Zentrallinse des Jenseits nach allen Richtungen.

Und Zikáll galt nun als einer der ersten Weltfreunde. Rasibéff jedoch ergriff die Idee noch von einer ganz anderen Seite.

»Wenn«, sagte er zu Zikáll und Mafi, »die Existenz-Möglichkeit einer großen Glaslinse auf der anderen Seite des Mondes bereits als Wahrscheinlichkeit behandelt wird, so möchte ich da noch ganz was andres sagen. Ich möchte fragen: Woher wissen wir denn, daß die andre Seite des Mondes eine Halbkugel ist wie diese Seite? Was wir bisher Mittelpunkt des Mondes nannten, ist doch nur durch einseitige Rechnungen zu dieser Ehre gekommen.«

Zikáll horchte, nickte und ließ wieder tausend Falten sein Gesicht durchzucken, daß der Phosphor nur so glitzerte.

Rasi jedoch fuhr eifrig fort:

»Könnte die andre Seite nicht eine fast horizontale Ebene sein? Könnte der ganze Mond nicht ein Halbkugel sein? Die Experimente mit dem Pendel haben doch Resultate nicht geliefert. Es ist doch immer noch möglich, daß die Todesgrotten dem freien Weltraume ganz nahe sind. Hohlräume finden wir doch da unten nicht mehr.«

Alle, die das hörten, schwiegen lange und dachten lange darüber nach.

Die Männer der Wissenschaft mußten dann manches spitze Wort hinnehmen; sie waren glücklicherweise an die spitzen Worte gewöhnt.

Rasibéffs Idee trug jedenfalls dazu bei, der Expedition ein so wichtiges Ansehen zu geben, daß ein Aufschieben der Geschichte sehr bald nicht mehr anging.

Als daher die hundert Ratsherren bei der nächsten Ratssitzung wieder auf ihren Amethystsäulen saßen, da war allen klar, daß der Sieg dieses Mal auf Seiten Mafikâsus sein würde.

Und als nun Mafi rot wurde und seinen schon längst bekannten Antrag vorbringen wollte, da wurden alle diejenigen, die mit der Expedition einverstanden waren, auch gleich rot.

Und Mafi zählte siebenundachtzig Freunde der Expedition.

Mafi hatte gesiegt.

Zikáll wurde mit der Herstellung der Motor-Wagen beauftragt. Und alles war gespannt.

In den Fabrikgrotten wurde nun gearbeitet, daß die Funken nur so stoben; die Arbeit an den zur Expedition nötigen Motor-Wagen, Maschinen und Drahtmassen schritt rüstig fort.

Währenddem nahte jedoch für die Weltfreunde jene große Zeit, in der wieder mal der Lanzen-Nebel beobachtet werden mußte; die Ereignisse der letzten Zeit hatten den berühmten Lanzen-Nebel in den Hintergrund gedrängt.

Als nun den Teleskopen der Weltfreunde die richtige Stellung für die Beobachtung des berühmten Nebels, der alle zwanzig Jahre äußerst interessante Erscheinungen zeigte, gegeben werden sollte, da erinnerte man sich plötzlich an eine ganze Reihe von neuen photographischen Apparaten, deren Fertigstellung öfters aufgeschoben war. Und die Weltfreunde wurden sehr unruhig und schickten Abgesandte in die Fabrikgrotten.

Aber dort wurde jetzt bloß für die Expedition gearbeitet – und die photographischen Apparate, die tausend Aufnahmen in der Sekunde ermöglichen sollten, lagen sämtlich unvollendet in der Ecke. Und es stellte sich bald heraus, daß nicht ein einziger der großen komplizierten Apparate bei der nächsten Beobachtung des Lanzen-Nebels in Gebrauch gestellt werden konnte.

Diese Entdeckung brachte im Lager der Weltfreunde eine große Trauerstimmung hervor; die Veränderungen im Lanzen-Nebel gingen alle zwanzig Jahre mit so blitzartiger Geschwindigkeit vor sich, daß die Blitzblumen dagegen die reinen Schnecken waren; andere Apparate kamen nicht in Betracht, da der kosmische Vorgang kaum eine halbe Minute in Anspruch nahm und das Auge nicht genügte.

So mußte denn abermals auf eine photographische Fixierung der Phänomene im Lanzen-Nebel verzichtet werden.

Der Lanzen-Nebel warf alle Vorstellungen, die man bisher vom Werte der Zeit gehabt hatte, einfach um; eine derartig rapide Entwicklungsgeschichte hielt man vordem in einem Sternhaufen mit Millionen größter Sonnen nie für möglich; die Sache überstieg auch das keckste Fassungsvermögen um ein Beträchtliches.

Dieses Mal war wenigstens die Stellung des Nebels eine sehr günstige; es ließen sich nicht weniger als siebzehn Teleskope in die Beobachtungslage bringen, was zum Teil nicht kleine Schwierigkeiten bereitete, da die meisten Teleskope ziemlich tief in den Kratern staken.

Als nun die Zeit herangekommen war, saßen die Weltfreunde in den Beobachtungsräumen dicht gedrängt zusammen; es konnten außer den Führern nur diejenigen dem Schauspiele folgen, die das Los begünstigt hatte; und für die andern gabs nicht einmal wie sonst eine Entschädigung durch Photographien.

Mafikâsu saß in der entscheidenden Nacht mit Rasibéff und elf anderen Weltfreunden im Beobachtungsraume des siebenten Kraters der Granitgebirge vor einem großen magischen Spiegel – und starrte mit brennender Aufmerksamkeit hinein.

In demselben Raume befanden sich noch fünf kleinere Spiegel, die ebenfalls magische genannt wurden. Und vor jedem Spiegel saßen immer dreizehn Mondleute; es war in dem kleinen Raume für mehr Personen nicht Platz.

Alle Anwesenden verhielten sich so still, daß man den Fall einer Träne gehört hätte.

Und was jetzt in den magischen Spiegeln sichtbar ward, das ging so schnell vorüber, daß es den Augen der Mondleute nur stückweise zur Empfindung kam.

Die konzentrierte Aufmerksamkeit war demzufolge eine beispiellose; sämtliche Mondleute, die beobachten durften, hatten sich auf diese paar Momente besonders vorbereitet.

Die Führer hielten es zumeist für gut, vorher längere Zeit zu schlafen, was der Mondmann immer kann, wenn ers grade will; traumlos ist der Schlaf.

Andre Mondleute hielten es für richtiger, recht lange vorher die Lichtluft der Delikatessgrotten einzuatmen und dann Schwitzbäder zu nehmen. Mancher pflegte sich durch längeren Flug in den obersten Schichten der außerhalb befindlichen sogenannten Krustenluft auf die anstrengende halbe Minute vorzubereiten.

Und – die berühmte halbe Minute kam.

Im magischen Spiegel, vor dem Mafi und Rasi saßen, erschien der Lanzen-Nebel als ganz stille kugelrunde Wolkenmasse.

Aber was jetzt folgte, übertraf alle Erwartungen, da die Erscheinungen dieses Mal einen ganz andern Charakter trugen als sonst.

Vor zwanzigJahren hatte sich die Wolke blitzschnell in eine Reihe von Säulen verwandelt, und diese Säulen hatten sich gleich nachher wieder in einen Würfel verwandelt. Und dieses Spiel hatte sich unter Funkenbildung gleich wiederholt und dann mit unregelmäßigen Wolken umhüllt, die sich schließlich wieder zur alten Kugelform zusammenballten.

In den früheren Perioden wars wohl immer etwas anders gewesen, doch blieben die Entwicklungsphasen in einer bestimmten Linie – die Säulen bogen sich mal oben hakenförmig um – der Würfel wurde mal zum Balken oder zum Ellipsoid – aber markantere Novitäten brachen in der Linie nicht durch – der Rahmen schien immer gegeben zu sein.

Ganz anders jetzt!

Haarfeine Blitzlinien schlagen plötzlich aus der Kugelwolke heraus – und die kraus aufgestiegenen Linien bleiben und werden dicker – und die Wolke verschwindet.

Es ist zu erkennen, daß die Linien allmählich so werden, wie die Milchstraßen sind.

Der Lanzen-Nebel ist außerordentlich weit entfernt – und dieses rasche Entstehen von lauter Sonnen ist den Mondleuten ganz was Neues und setzt sie in großes Erstaunen.

Eine Sekunde später stehen aber die Blitzlinien alle grade wie Säulen – das Ganze sieht aus wie ein Nadelball, dessen Spitzen in einer Kugeloberfläche liegen.

Und mit einem Ruck werden diese Säulen, in denen doch unzählige Sonnen glühen, nach allen Richtungen rausgeschleudert, kippen um, schaukeln hin und her und schweben auf und ab und stellen sich nach und nach dicht nebeneinander in einer Reihe auf wie Soldaten auf den Exerzierplätzen der Erdballkruste.

Diese Parade-Erscheinung, die den Namen ›Lanzen-Nebel‹ hervorrief, ist schon von früherher bekannt, – auch die nun folgende, in der sich die Säulen zusammenziehen und eine Art Balken bilden.

Während aber sonst der Würfel oder der Balken einen opalisierenden Farbenglanz empfing, wirkt dieses Mal alles wie Gold – und es ist deutlich zu erkennen, daß auch noch der Balken aus lauter Sonnen besteht.

Vom querliegenden Balken lösen sich jetzt rechts und links die äußersten Seitensäulen los und steigen nach oben, krümmen sich oben nach außen und schießen kreisförmig herum, und die Schnelligkeit ihrer Bewegung wird gleich so stark, daß rechts und links vom Rechteck nur noch zwei goldene Kreislinien zu sehen sind.

Die Mondleute glühen vor Aufregung, man hört ihr heftiges Atmen.

Und mit kaleidoskopartigem Ruck verwandelt sich dieses Bild in ein Rad mit tausend Speichen, dem der Reifen fehlt.

Dieses reifenlose goldene Rad steht ganz still und fängt an zu zittern.

Und dann heben sich die Speichen langsam vom Mittelpunkt ab nach allen Seiten, so daß ein rundes leeres Loch in der Mitte bleibt, das bald wolkenartig opalisiert.

Und im nächsten Moment sieht der Lanzen-Nebel wie eine Schießscheibe aus mit lauter bunten Ringen.

Und plötzlich verwandelt sich das Ganze abermals mit einem einzigen Ruck in einen querliegenden goldenen Balken; in dem lassen sich aber einzelne Kugelsonnen nicht mehr erkennen; die Kugelform der Sonnen scheint sich in Krystallformationen umgebildet zu haben.

Doch kaum erholen sich die Mondleute bei diesem Anblick, so lösen sich auch schon regelmäßige goldene Würfel von dem Balken los; der ganze Balken verwandelt sich in Würfel, die sich langsam drehen und hin und her schweben, ohne sich zu stoßen.

Und dann werden die Würfel schneeweiß und schießen in den Mittelpunkt des Ganzen, daß alles sich entzweischlägt.

Und gleich darauf ist wieder die alte kugelrunde Wolkenmasse da.

Das Schauspiel hatte nur einen Zeitraum von sechsundzwanzig Sekunden in Anspruch genommen.

Die siebzehn Teleskope geben sich die verabredeten Zeichen, und die Führer sprechen durch die Schalltrichter.

Sofort werden die Berichte aufgesetzt und miteinander verglichen.

Die Berichte werden denen, die in die magischen Spiegel nicht hineinsehen durften, gleich bekanntgegeben.

Und bald wissen alle Mondvölker, was im Lanzen-Nebel los war.

Mafikâsu beruft eine allgemeine Versammlung in den großen Schallsaal.

Der große Mafi glüht wie eine Bombe und will so rasch wie möglich seine Meinungen über die neuesten Ereignisse zum besten geben.

Und an die hunderttausend Mondleute versammeln sich im großen Schallsaal, dessen Deckengewölbe ziemlich glatt sind.

Ringsum an den Wänden lassen sich die Mondleute auf den Vorsprungen nieder, so daß bald alle Wände des runden Saales ganz mit Mondleuten bedeckt sind.

Die Mondleute erleuchten den Saal durch das Phosphorlicht, das ihre Leiber ausstrahlen. Ein Saal, dessen Wände aus lauter aufeinandergestellten Schneemännern zu bestehen scheinen.

Und Mafi erhält das große Sprechrohr, das einer Posaune ähnelt.

Und der große Weltfreund hängt sich an der Decke in einen schaukelnden eisernen Ring, beugt den Rumpf nach unten und redet nun durch das Sprechrohr hinunter zu den Versammelten; wie ein Posaunenengel schaukelt der große Mafi da oben in seinem Ring an der Decke – das Folgende redet er:

»Die Ereignisse der letzten Nacht sind so kolossale gewesen, daß es mir nötig erscheint, sofort an dieser Stelle das zu sagen, was nach meiner Meinung hier das Wichtigste ist.«

Alle Mondleute, die versammelt sind, halten beide Hände muschelförmig an den Ohren, um besser hören zu können.

Mafi fährt fort: »Wir haben einen Blick in kosmische Verhältnisse getan, die unserm Vorstellungsvermögen kaum näherzubringen sind. Der berühmte Lanzen-Nebel, der alle zwanzig Jahre nur einmal aufwacht und dann während einer knappen halben Minute ein furchtbar intensives Leben führt, ist uns sowas Neues und Unheimliches, daß wir fürchten müssen, unser bißchen Verstand zu verlieren, wenn wir versuchen wollten, darüber ins klare zu kommen. Eines aber scheint uns durch dieses kosmische Wunder begreiflich zu werden: Wir sehen, daß sich diese Sternmasse gewöhnlich als etwas Einheitliches und Ganzes präsentiert. Und mit fabelhafter Geschwindigkeit gelingt es diesem Ganzen, sich plÖtzlich in Millionen – ja wohl auch in Billionen und mehr Teile zu teilen. Hieraus erkennen wir, daß dieser Nebelfleck noch mehr als ein Doppelleben führen kann – er kann plötzlich ein trillionenfaches Leben führen. Vielleicht ist die Zahl seiner Teilwesen so groß, daß Zahlen dafür nicht mehr denkbar sind. Hier bietet sich uns die höchst komplizierte Natur der astralen Lebewesen in den allergrößten Dimensionen dar. Während wir früher schon das Verhältnis der Teilwesen zum Ganzen für kompliziert genug hielten, sehen wir jetzt ganz deutlich, daß es darüber hinaus noch ganz andre Komplikationen gibt, die noch viel knotenreichere Rätsel aufgeben; eine Masse von ungeheurer Ausdehnung, die plötzlich in ein paar Atemzügen große Sonnensysteme aus sich erzeugt, die nur ein paar Sekunden existieren –

das schafft uns ja einen ganz neuen Begriff vom Wert und Wesen der Sonnensysteme – die sind wahrscheinlich ganz nebensächliche Begleiterscheinungen von ganz andren Lebensäußerungen, die uns nicht einmal in Lichteffekten bemerkbar werden. Der Lanzen-Nebel könnte uns vielleicht die wichtigsten Aufschlüsse über kosmische Lebensverhältnisse geben. Und wir hätten nicht bloß zu beklagen, daß die neuen photographischen Apparate nicht rechtzeitig fertig wurden – wir hätten noch viel mehr zu beklagen, daß uns nicht viel, viel größere Teleskope zur Verfügung stehen. Ich erhebe daher noch einmal meine Stimme und bitte die Versammelten, mit Ernst und Eifer an das große Teleskop der Zukunft zu denken, das, wie jeder weiß, die Länge des Monddurchmessers erhalten soll. Nach den ungeheuren unbegreiflichen Wundern, von denen wir in dieser Nacht kleine Bilder in unsern magischen Spiegeln sahen, wird jeder sicherlich die Sehnsucht haben, bald mehr sehen zu können – mehr von der ungeheuren, ergreifenden, erdrückenden und erhebenden Grandiosität der herrlichen Welt, die sich unsern Sinnen zu öffnen vermag – wenn wir die richtigen Vergrößerungsgläser besitzen! Vergeßt das nicht – und wir wissen vielleicht in tausend Jahren mehr von der großen Weltnatur.«

Mafi steckte das Sprechrohr in den Ring und schwebte langsam hinunter als großer roter Glutball – im Schallsaal war die Luft sehr dünn.

Und von den Wänden lösten sich die hunderttausend Zuhörer los und flogen wie Schneegestöber durcheinander.

Viele stießen dumpf mit ihren Ballonbäuchen zusammen, und dazu trommelten alle auf ihrer straffen Ballonhaut, so daß eine Trommelmusik entstand, die sich harmonisch zu mächtigen Tonmassen entwickelte, deren melodiöse Ansätze immer wieder von prasselndem und rauschendem Wirbel zerrissen wurden.

Rasibéff flog an Mafikâsus Seite – und von allen Seiten begrüßte man die beiden mit erhobenen Händen und flatternden Fingern, so daß die Trommelmusik plötzlich gedämpft erklang.

»Der Mafi hat«, sagte draußen der Zikáll, »mehr Glück als Verstand! So was von Erfolg ist noch nicht dagewesen. Und der Mafi tut nichts dazu; er redet nur vor Aufregung eine ausschweifende

Rede und triumphiert trotzdem. Knéppara kann einpacken. Die Revolutionspartei siegt.«

Nun verbreitete sich in den nächsten Tagen die Nachricht, daß die Motor-Wagen mit allem Zubehör in den Fabrikgrotten fertiggestellt seien.

Der Expedition stand also nichts mehr im Wege.

Und die Mondmänner trugen die Motor-Wagen wie Triumph-Wagen an den Mondrand.

Es streckten sich so viele Hände hilfsbereit aus, daß immer an die zehntausend Mann einen Wagen an Stangen und Strikken tragen konnten.

Es sah sehr lustig aus, wie die kugelrunden, rotglühenden Mondleute mit den großen Tonnen über die Krater des Mondes dahinschwebten – mitten im grellsten Sonnenschein im sammetgrünen Himmel.

Es stellte sich sehr bald heraus, daß sämtliche Mondvölker vollzählig an dem Rande, der zum Jenseits führte, versammelt waren.

Selbst Knéppara war mitgekommen.

Und nun begann das Aufstellen der Wagen und das Erwärmen der Maschinen und das Aufwickeln der Drahtmassen.

Und dann kam das Abschiednehmen derer, die hineinfahren wollten ins unbekannte gläserne Land.

Und dann wurden die Wagen probeweise losgelassen.

Und dann wurden die kleinen Reparaturen vorgenommen.

Und dann gings endlich wirklich los.

Die Glasfenster in den Wagen funkelten im Sonnenschein. Und Räder waren an allen Seiten der großen Tonnen, so daß die ganz gemütlich umfallen konnten; das schadete nichts.

Mafi saß mit Zikáll, Knéppara mit seinem Inspektor zusammen, und der große Loso fuhr ganz allein in einer kleineren Tonne.

Und am Rande sahen die Mondvölker den funkelnden, wackelnden, aber ziemlich schnell weiterfahrenden Tonnen mit Begeisterung nach.

Man hatte bei der großen Aufregung gar nicht bemerkt, daß die bunten Blitzblumen in der letzten Zeit nur noch ganz vereinzelt gesehen wurden; ihre Größe hatte allmählich sehr abgenommen.

Aber nach der Abfahrt der Wagen, deren Zahl sich auf fünfzig belief, ließen sich die Blitzblumen ganz und gar nicht mehr sehen; Rasibéff wars, der hierauf zuerst aufmerksam machte und diese Tatsache selbstverständlich als ein für die Weltfreunde sehr erfreuliches Zeichen betrachtete.

Und nun leitete Rasibéff mit den Weltfreunden eine ganz energische Agitation ein; er wollte besonders die von den fünfzig Wagen einlaufenden Telegramme für die Zwecke der Weltfreunde benutzen; Knéppara war ja nicht da, und seine Abwesenheit mußte doch benutzt werden.

Die Telegramme ließen natürlich nicht lange auf sich warten; es wurden beim Telegraphieren zumeist die Drahtseile benutzt, an denen die Wagen gefesselt waren; die Wagenführer bedienten sich auch der Schalltrichter – doch nicht zu oft.

Zunächst enthielten die Nachrichten begeisterte Schilderungen von den wundervollen Glassteinen.

Es ist unglaublich, telegraphierte der große Erd- und Glasfreund Loso, *was für wundervolle Glasorten hier überall zu sehen sind. Über die einfachen Farbenwunder, die von der Luftgrenze aus sichtbar sind, brauche ich ja Weiteres nicht zu sagen. Aber das Herrlichste entfalten nun die weiten Platten und Ebenen, die von verschiedenen Farben koloriert sind Eisflächen unter buntem Himmel geben kaum eine Ahnung; die Eisflächen, die wir auf der Mondoberfläche zeitweise sehen können, zeigen sich ja nur noch in der Umgebung des Kupferkraters und sind viel zu klein. Hier aber ist alles im größten Stile da: weiße Felder mit unzähligen gelben und schwarzen Flecken – in graden Linien blau gestreifte Purpurgebirge – und ganz bunt gestreifte in herrlich geschwungenen Linien! Oft hängen grüne und perlartig schimmernde Glaskugeln wie die Trauben blühender Moosarten hoch oben an den steilen Gebirgsrändern. Und die Glaskugeln schimmern! Was haben die Mondleute versäumt, daß sie erst jetzt eine Expedition aussandten! Der Himmel ist hier am Tage grau und nachts braun; die Sterne sind wie drüben bei Euch.*

Es fiel dem Rasibéff und seinen Freunden natürlich nicht schwer, dieses Telegramm im weltfreundlichen Sinne zu verwerten. Wenn die jenseitige Mondhälfte so großartig war, so mußte es doch bald wie ein großes Unrecht aussehen, wenn man immer noch zögern wollte, die großen Bohrarbeiten im Mittelpunkte des Mondes in Angriff zu nehmen.

Und nun liefen gleichzeitig von zwanzig Seiten Telegramme ein mit Berichten von großen herrlichen Höhlen, die man unter dem durchsichtigen Glase entdeckt hatte.

Diese Höhlen wurden von den Wagenführern in ganz sinnverwirrenden Worten geschildert.

Und so lief immer mehr Wasser auf die Mühle der Weltfreunde, obschon das Wasser auf dem Monde sehr knapp war.

Und es gab bald keinen Erdfreund mehr, der nicht ein paar Dutzend Male seine Partei für verloren gehalten hätte.

Zikáll telegraphierte, er bemerke mit Staunen, daß kaum der vierte Teil der von ihm gesehenen Glasmassen undurchsichtig sei.

Und die anderen Wagenführer bestätigten das.

Hieraus folgt, sagte Zikáll, *daß die Glasgrotten am Tage einfach taghell erleuchtet sein müssen – selbst noch in sehr großen Tiefen – da ja sogar das undurchsichtige Glas das Licht noch immer in großer Fülle durchläßt – während andrerseits die durchsichtigen Glasmassen die Stärke des Tageslichtes noch vervielfältigen können.*

Rasibéff geriet ganz außer sich, als er diese Äußerungen des großen Zikáll zu Gesichte bekam.

»Unter diesen Umständen«, rief der Pflastermann, der jetzt in den Todesgrotten nicht viel zu tun hatte, »ist es beinahe zu leicht, für die Weltfreunde Partei zu nehmen. Wenn die Sache derartige Fortschritte macht, so wird ein Widerspruch bald schwer werden. Knéppara hat einen großen Fehler begangen, daß er durch sein Fernsein dem Rasibéff die Arbeit so leicht machte. «

Die nun folgenden Telegramme schlugen aber dem Faß einfach den Boden aus; viele Führer der Erdfreunde, die sonst nie den Kopf verloren, erklärten feierlichst, daß sie jetzt ihre Sache aufgäben.

Vom siebzehnten Wagen lag folgender Bericht vor:

Heute ist ein Rubin mit einem Durchmesser von einer halben Meile in Sicht gekommen. Der Farbenbrand der einen Ecke hat eine Lichtstärke, die fünfzigmal die der Sonne übertrifft. /ch halte mit meinem Wagen an und notiere genau die Effekte, die der Farbenbrand des großen Rubins auf der Umgegend erzeugt; die Reflexbilder sind in folge der Mondbewegung in jedem Augenblick andre. Ein paar Hauptmomente werde ich photographieren.

Und ähnliche Telegramme folgten von allen Seiten, so daß diejenigen Mondleute, die nach der Abfahrt der Wagen zu ihren Teleskopen zurückgekehrt waren, diese von neuem verließen und sich in hellen Scharen zur Luftgrenze begaben, um die neuen Telegramme noch schneller kennenzulernen – obgleich das eigentlich kaum möglich erschien, da die Telegramme stets ohne Aufenthalt weitergegeben und überall in jedem Krater gleichzeitig lesbar wurden.

Doch die Ungeduld tut oftmals Dinge, die gar nicht getan zu werden brauchen – und dennoch so gerne getan werden, obschon jeder weiß, daß sie ganz unnütz sind.

Die allgemeine Erregung steigerte sich von Stunde zu Stunde derart, daß mancher vorsichtige Mondmann sagte:

»Kinder! Wenn das so weiter geht, so fürchte ich, daß uns bald die Bäuche platzen – vor lauter Spannung.«

Und Mafikâsu telegraphierte:

Ich sehe heute durch mein Fernrohr einen Diamantengletscher – in Bewegung. Dieses Schauspiel zu beschreiben, ist mir unmöglich, da mein Begleiter mir keinen Augenblick Ruhe läßt. Zikáll interessiert sich für den in Bewegung befindlichen Diamantengletscher nicht im mindesten. Und ich klage hiermit Zikáll an, daß er nicht mit mir zusammenhä

Dieses Telegramm brachte eine kleine Verwirrung hervor, da man durchaus nicht wußte, was denn den Zikáll bewegen sollte, derartig rücksichtslos zu sein; die Sache sah unbegreiflich aus. Und alle warteten auf Zikálls Erklärung. Und die ließ auch nicht lange auf sich warten.

Zikáll telegraphierte sehr hastig und mit orthographischen Fehlern: *Mache die Entdeckung, daß eine größere Anzahl seeartiger Glasebenen ausgesprochenen Linsencharakter trägt. Ich halte es für wahrschein-*

lich, daß wir im Mittelpunkte der Glasseite eine kolossale Glaslinse entdecken werden, die wir zu Teleskopzwecken im Naturzustande wohl benutzen könnten. Die Glaslinsen, die ich sehe, werden immer größer. Die Erbauer des großen Telesko ps, das die Länge des Monddurchmessers haben soll, können sich freuen.

Nun – über diese Nachricht freuten sich die Weltfreunde ganz gehörig – und mancher Erdfreund desgleichen.

Und alle lachten, daß sich Zikáll in seinem Eifer gar nicht entschuldigte.

Und die beiden großen Führer und Ratsherren erhielten ein paar Tausend Glückwunschtelegramme – und die machten ihnen in ihrer Tonnen-Droschke so viel Spaß, daß sie nahe dran waren, umzukehren.

Sie kehrten aber noch nicht um.

Loso, der allein fuhr, dachte ebenfalls darüber nach, ob es nicht bald Zeit sei, heimzukehren.

Er tat es aber ebenfalls nicht, denn die enfernteren Ebenen, die er durch das vordere runde Fenster seiner Tonne sah, reizten ihn immer mehr und mehr.

»Oh, wie viele Glasfenster«, rief er leise, »lassen sich aus allen diesen Glasfeldern herstellen! Unsre Museen können sämtlich Tageslicht bekommen. Doch siehe – was ist denn das?«

Der Loso setzte noch einmal die Fensterbürsten in Bewegung die draußen flink rauf- und runterflogen, sobald auf den dicken Knopf nebenan gedrückt wurde.

Und dann putzte der Loso nochmals seine Vergrößerungsgläser und das lange Fernrohr – und sah dann mit allen seinen Instrumenten hintereinander in die Ferne.

Und in der Ferne sah er nun große Würfelgebirge – blaue und blanke, die funkelten. Doch diese fernen übereinanderliegenden Würfel gingen so steil in die Höhe, daß die Tonnenwagen da ganz bestimmt nicht rauf kommen konnten.

Und der große Loso telegraphierte: *Hohe Würfelgebirge uersperren mir infamerweise den Weg. So weit ich sehen kann, ist weder rechts noch links daran herumzukommen. Ich werde bis dichte ranfahren und dann kehrtmachen. Ich bitte die Monduölker, auf der Bauchtrommel einen neuen Wirbel einzuüben, damit wir bei unsrer Rückkehr richtig geehret werden.*

Dieselben Würfelgebirge, die ein paar hundert Meilen lang waren, bewegten noch zehn andre Tonnenwagen zur Umkehr.

Andre Wagen – zwanzig Stück – hatten ein andres Pech: Sie gerieten auf so spiegelglatte Glasebenen, daß die Räder sich bald drehten, ohne die Wagen weiterzubringen. Es kam den Wagenführern so vor, als wenn die Glasflächen eingeölt seien. Da es nun einfach nicht mehr vorwärts ging, mußten sich die Herren zurückziehen lassen, was auch mit Hilfe der Drahtseile ganz gut gelang.

Doch nachdem diese zwanzig Wagen wieder auf ein befahrbares Pflaster gelangt waren, gaben es die Wagenführer auf, die Expedition seitwärts weiter auszudehnen.

So kams, daß bald dreißig Wagen wieder in die dicke Luft des Mondes gelangten und allda sehr feierlich mit neuem Bauchgetrommel, das sich wie irdisches Vogelgezwitscher anhören sollte, begrüßt wurden.

Knéppara war mit seinem Wagen in eine tiefe Schlucht geraten; er hoffte, daß er da unten eine Öffnung finden könnte, um dadurch ins Innere des Mondes zu gelangen. Doch diese Hoffnung erwies sich als eine trügerische.

Da sich Knéppara mit Hilfe der Drahtseile zurückziehen lassen mußte und dieses Zurückziehen nur sehr langsam ausgeführt werden konnte, so hatte der große Knéppara leider von der Expedition am wenigsten, da sein Horizont in der Tiefe zu lange beschränkt war.

Es stellte sich bald heraus, daß von sämtlichen Wagen nicht eine einzige Öffnung in der Glasdecke wahrgenommen wurde; auch in den kraterartigen Glasbergen, auf die einzelne Wagen hinaufgefahren waren, ließ sich von Öffnungen nichts entdecken – das Innere der Krater war stets von Glas ausgefüllt – was sich durchweg seeartig ausnahm.

Der eine Wagen, der von einem ziemlich tollkühnen Weltfreunde geführt wurde, fuhr sogar auf einen solchen Glassee hinauf und brach nicht ein.

Die Wagen hatte man so gebaut, daß sich die Räder, die zu den Reifen rechtwinklig standen, mit Leichtigkeit einziehen ließen; beim Runterfahren konnten daher die Tonnen gelegentlich seitwärts wie ganz gewöhnliche Tonnen an den Abhängen runterrollen – dabei mußten jedoch die Drahtseile sehr rasch gedreht werden – mit welchem Umstande die Maschinenbauer wohlweislich gerechnet hatten – die Drahtseile drehten sich in der Tonne beim Seitwärtsrollen von selbst.

Bei diesem gefährlich aussehenden Hinabfahren bliesen die Insassen der Gefährte ihren Bauch etwas auf und steckten den Kopf einfach in die Bauchhaut hinein – und zwar so tief, daß der Rumpf auch gleich von der dicken Bauchhaut umschlossen wurde; dieses Verfahren schützte gegen jeden Stoß ganz ausgezeichnet; der Mondmann wurde dabei zum unempfindlichen Gummiball.

Es war nun schon ein gutes halbes Jahr seit Abgang der Expedition verflossen – und nur noch siebzehn Wagen befanden sich unterwegs.

Da kam ein Telegramm von Mafikâsu und Zikáll an – das lautete einfach:

Drahtseile verlängern. Wir müssen weiter. Die übrigen Wagen können sämtlich zurückgezogen werden.

Das Telegramm rief eine allgemeine Neugierde wach – und den sechzehn anderen noch auf der Fahrt befindlichen Wagen wurde die Geschichte sofort mitgeteilt.

Und die Sechzehn kehrten sofort um.

Und nun konzentrierte sich das ganze Interesse der Mondvölker nur noch um den einen Wagen, in dem Mafikâsu und Zikáll dahinfuhren.

Und sie fuhren immer weiter und ließen die Mondvölker beinah fünfzehnhundert Stunden ohne Nachricht.

Dann aber kams!

Zikáll telegraphierte:

Wir sind jetzt soweit gekommen, daß wir endlich sagen können, was wir entdeckt haben: Nach den bisherigen Bodenmessungen und nach der Zei-

gerstellung unsres kombinierten Radpendels müssen wir erklären, daß wir dem Mittelpunkte unsres Sterns itzo näher sind als auf jedem anderen Teile der uns bekannten Mondoberfläche. Und hieraus geht hervor, daß wir uns den Mond fürderhin nicht mehr als Kugel vorzustellen haben; die Glasseite des Mondes hat einen großen Riesenkrater in der Mitte. Wenn wir nicht irren, befinden wir uns auf dem Rande des großen Riesenkraters. Wir werden diesen Rand nicht durchfahren können – dazu sind die Terrainschwierigkeiten zu groß. Aber – zu bezweifeln ist nicht mehr, daß der mittlere Teil der hinteren Seite unsres Mondes von einer kolossalen Glaslinse ausgefüllt sein muß. Und diese viele Meilen breite Glaslinse wird ebenso wasserklar sein wie die der kleineren Krater, von denen wir fünf genau untersucht haben. Die außerordentlich wilde Natur der Glasgebirge, in denen wir hier umherfahren, gestattet uns nicht, weiter vorzudringen. Aber dem Mittelpunkte des Mondes sind wir näher denn sonst – und das genügt ja, wenn wir beweisen wollen, daß die Glasseite lange nicht so viel Ausbauchung besitzt – wie die Halbkugelform der vorderen Mondseite. Die hintere Seite ist eben so eingedrückt worden, daß der ganze Mond eine Art Mützenform erhielt; auch ein etwas angezogener Mondmannsbauch ist dem Bilde unsres Sterns ähnlich. Leider kommen wir schlechterdings nicht weiter – auch die besten Fahrzeuge würden hier nichts nützen. Die steilen senkrechten Felswände aus purem Glas mehren sich – und der Boden wird so ölig, daß wir uns ganz verwundert fragen, wie es möglich war – so weit zu kommen. Das ist das reine Wunder!

Und Mafikâsu telegraphierte: *Derjenige Monddurchmesser, der für das große Fernrohr jetzt ganz allein in Betracht kommt, ist also kürzer, als wir dachten. Und da wir jetzt doch die Rückseite des Mondes näher kennenlernen müssen, so lassen sich die Bohrarbeiten im großen Stil nicht mehr aufschieben.*

Als diese Telegramme der liebe Rasi las – da weinte er vor Freude.

»Auf der Glasseite lassen sich eben Bohrarbeiten nicht ausführen – dazu fehlt uns eben die Luft. Und wollten wir einen Wagen glatt anlegen auf eine glatte Fläche und dann durch den Wagenboden durch gleich hineinbohren ins Glas – so wäre das doch zu umständlich, da ja der Wagen der Bohrma schinen wegen so groß sein müßte, daß es schwerfallen I dürfte, ihn weiter ins Glasland hineinzuschaffen; die glatten I Flächen sind nicht gleich am Luftrande da.«

Also sprach Zikáll, nachdem er mit Mafi seine Mondvölker wiedergesehen hatte.

Das war ein Wiedersehen gewesen!

Zittern vor Freude taten die Weltfreunde und glühen taten sie, daß der grüne Himmel beinahe ganz rot wurde – denn die Mondleute waren doch in so großen Scharen an den Luftrand eflogen, daß die Atmosphäre an der Stelle, an der der letzte der fünfzig Wagen zurückkehrte, von oben bis unten und nach allen Seiten ganz und gar mit Mondleuten angefüllt erschien.

Das war ein herzerquickender Anblick gewesen für die beiden großen Mondmänner, die in ihrer Tonne am Fenster saßen; die Fenster hatte man der Sicherheit wegen sämtlich durch Drahtnetze geschützt, so daß die drinnen Sitzenden von außen nicht gesehen werden konnten.

Und so wurde das Wiedersehen der beiden großen Entdekker für alle Mondvölker ein ganz plötzliches.

Mafikâsu und Zikáll schwebten nun im Mittelpunkte der Tagesinteressen.

Und alle Mondvölker lauschten nun tagelang den Worten der beiden – wie Offenbarungen.

Und dem Knéppara mit seinen Erdfreunden, soweit sie ihm noch treu bleiben mochten, fiel es sehr sauer, sich Gehör zu verschaffen.

Die Mondmänner vernachlässigten ihre gewohnte Tätigkeit an den Karterteleskopen und interessierten sich bloß noch für die neu entdeckte Mützengestalt des Mondes – und besonders für die große natürliche Glaslinse, die in der Mitte der Glasseite sitzen sollte.

Die Versammlungen in den großen und kleinen Versammlungsgrotten folgten einander immerzu; es riß gar nicht ab.

Indessen – Knéppara sprach in einer dieser Versammlungen ein paar Worte, die nicht unbeachtet bleiben konnten. Knépp sagte:

»Ich halte mich doch für verpflichtet, die Mondleute vor voreiligen Handlungen, so gut ichs kann, zu warnen. Wir alle wissen, daß Meteore auf der von uns bewohnten Mondseite sehr selten herunterfallen. Jedoch gleichzeitig wissen wir, daß die Meteore in die Luft der Erde zu Tausenden hineinfliegen. Nun ist die Erde durch eir.en anderthalb Meilen breiten Luftgürtel geschützt. Hätte die Erde nur so wenig Luft an ihrer Oberfläche wie der Mond auf der von uns bewohnten Seite, so wäre alles, was die Erdmänner geschaffen haben, längst von den Meteoren kurz und klein geschlagen.«

»Das würde nicht sehr zu bedauern sein!« rief da ein Mondmann aus.

Doch der Knéppara fuhr fort:

»Es ist nicht unsre Aufgabe, über Dinge, die auf andern Sternen vorgehen, unser Mißfallen oder unser Frohlocken zu äußern. Und ich verstehe nicht, wie ein Mondmann, der doch der Welt gegenüber immer nur unbeteiligter Zuschauer bleibt, eine derartige Bemerkung machen kann.«

»Ein Erdmann sprach wohl aus ihm!« rief da eine Stimme aus dem Hintergrunde.

Es trat eine Pause ein. Knéppara trommelte nervös auf seinem Ballonbauch, und ein paar Weltfreunde baten, den Redner doch nicht mehr zu unterbrechen.

Und da sagte dieser leise und eindringlich:

»Da nun aber auf der Glasseite des Mondes gar keine Luft ist und dort auch keine Erde die Meteore ablenkt, so muß doch die natürliche Linse, die für das große Teleskop benutzt werden soll, mit Meteoren einfach gespickt sein.«

Nun – diese Bemerkung zog. Und die Freunde des großen Teleskops wußten lange nicht, was sie sagen sollten.

Wohl meinten einige, daß die Existenz der natürlichen Linse ja noch gar nicht bewiesen sei. Und andere behaupteten, das große Fernrohr ließe sich auch, ohne die Naturlinse zu beachten, mit einer Kunstlinse herstellen, da ja Glas in genügender Menge vorhanden sei.

Aber die Verstimmung blieb, denn die Gefährlichkeit der Meteore erschien allen als nicht zu leugnende Tatsache.

Dieser Knéppara war ein zu verachtender Gegner in keinem Fall.

Doch da ergriff zur rechten Zeit wieder der große Zikáll das Wort und äußerte sich in einer Drucksache folgendermaßen:

Die Bewegungen der meisten Meteore, die in unserem Sonnensysteme herumschwirren, schließen sich im großen und ganzen den Bewegungen der Planeten und Monde an und umkreisen mit diesen – wenn auch in komplizierteren Kurven – unsre Sonne so gut wie wir. Und das hat zur Folge, daß alle Meteore nicht in senkrechten, sondern nur in sehr schragen Linien auf die größeren Sterne und Monde fallen. Nun ist aber ohne Frage die natürliche Linse, die wir inmitten der Glasgefilde vermuten, ziemlich tiefliegend – und vielleicht nicht allzufern von den Todesgrotten. Was will denn da der Knéppara? Die Linse ist doch durch die höheren Gebirge, von denen sie kraterartig auf allen Seiten umgeben ist, genü gend geschützt. Wir müssen doch annehmen, daß diese Ge birge, die die Spiegelfläche der Linse umschließen, diese Linse viele Meilen hoch überragen. Ja – es ist nicht unwahrschein lich, daß sich d ie Linse in einem Loche befindet, das mehr als hundert Meilen tief ist. Wir sind durchaus nicht berechtigt, an zunehmen, daß die Meteore der großen Linse gefährlich geworden seien; alle Kreaturen – und auch die Sterne – pfle gen ihre empfindlichen Organe an geschützten Stellen zu ha ben. Vergessen wir nicht, wie gut unsre Augen geschützt sind. Unsre Fühlhörner sind so empfind lich, daß wir jedem Meteor aus dem Wege gehen müssen – und da sollte der große Mond Organe haben, die jeder dumme Meteor zertrümmern kann? Das ist doch wohl nicht anzunehmen.

Die Mondvölker atmeten auf nach dieser Rede.

Und es dauerte nicht lange, so wurde auf Beschluß aller cine große Ratssitzung anberaumt, in der endlich über das Schicksal der großen Bohrarbeiten endgültig beraten werden sollte.

Um dem Knéppara nicht Zeit zu lassen, weitere störende Bemerkungen zu machen, hielten es die Weltfreunde für gut, die Ratssitzung womöglich sofort abzuhalten.

Und das ging auch.

Und dann saßen die hundert Ratsherren wieder auf ihren Amethystsäulen und dachten nach über ihr zukünftiges Leben.

Und an den Wänden aus Bergkrystall lagerten die Völker des Mondes in großen Scharen.

Und da nicht alle in der Ratsgrotte Platz hatten, so ließen sich auch viele oben und auf dem Rande des Kraters nieder. Und auch die äußeren Seiten des Kraters wurden dicht besetzt.

Und alle diese Volksmassen, in denen alle Nationalitäten vertreten waren, saßen mäuschenstille da, so daß man kaum ihr Atmen hörte.

Und neunundneunzig Ratsherren sahen schweigend und erwartungsvoll den großen Herrn Knéppara an.

Und nach einem langen Schweigen sprach der Knéppara also:

»Die Erdmänner haben für uns eine außerordentliche Bedeutung gewonnen. Es ist mir und meinen Freunden verdacht worden, daß wir uns mit so viel Eifer um die Erdmänner kümmern, obschon wir wissen, daß sie niedrigstehende, beklagenswerte Geschöpfe sind, die einer Entwicklungsstufe angehören, die wir auf dem Monde so lange hinter uns haben, daß wir uns ihrer gar nicht mehr zu erinnern vermögen, obschon wir an schlechtem Gedächtnis wahrlich nicht leiden. Es wird namentlich mir persönlich vorgeworfen, daß ich mich von dem ekelhaften Auf- und Ableben der Erdkreaturen nicht unangenehm berührt fühle. Nun möchte ich bitten, die Objektivität des Zuschauers nicht für Urteilslosigkeit zu halten – und auch nicht mit Unempfindlichkeit zu identifizieren. So was mutete doch sonst ein Mondmann dem andern nicht zu. Ich gestehe, daß mich das ganze Leben der Erdmänner in all seiner viehisch fressenden Rohheit ebenso abstößt, wie es jeden Weltfreund abstößt. Andrerseits bin ich aber doch der Überzeugung, daß selbst unter so niedrigstehenden Kreaturen bereits einzelne sein können, deren Gesellschaft uns vielleicht nicht so furchtbar unangenehm sein würde. Und diese paar besseren Erdleute, deren Zahl naturgemäß sehr winzig ist, veranlassen mich, die Sache der Erdfreunde nochmals zu verteidigen. Ich weiß, es wird mir der Kampf wahrlich nicht leicht gemacht. Ich strebe auch nicht mehr danach, als ein Sieger aus diesem Kampfe hervorzugehen. Ich will nur retten, was noch zu retten ist. Unter den neuesten photographischen Aufnahmen, die uns von wolkenlosen Stellen der Erde so genaue Bilder geben, daß wir auf ihnen Bücher zu lesen vermögen, fand ich auch ein paar Druckseiten – auf denen wörtlich das Folgende stand:

*Wir können auf der Erde nur dann erträgliche Zustände haben, wenn
wir den für unsre Kultur blamablen Militarismus zerbrechen. Das ist aber
nur möglich, wenn wir eine im großen Stile veranstaltete Agitation arrangieren, die eine an Ekel streifende Abneigung gegen alles Soldatenwesen
erzeugt. Diese Agitation muß mit allen Mitteln – und besonders durch
rücksichtslosen Spott – die Abneigung der Volksmassen gegen alles Soldatenwesen großziehen. Es muß so weit kommen, daß man im Soldaten die
Wurzel alles irdischen Übels sieht. Es muß zum guten Tone gehören, vom
Soldaten mit derselben Entrüstung zu sprechen, mit der man bislang vom
gemeinen Raubmörder sprach. Um diese Stimmung zu erzeugen, ist zunächst die gesamte Tagespresse, das gesamte Schulwesen und auch das
Bekleidungswesen in diesem Sinne zu beeinflussen. Man muß die Tageszeitungen, die ohne lebhaftes Bedauern, dem sich gelegentlich Worte des
Abscheus beizumischen haben, von Militär- und Kriegsangelegenheiten
sprechen, bekämpfen und isolieren durch Bevorzugung der Tageszeitungen, die tagtäglich gegen die stehenden lleere zu Felde ziehen; würde es
gelingen, die Hälfte der Tagespresse zu überzeugten Gegnern des Militarismus zu machen, so hätte die Friedenspartei leichte Arbeit. Andrerseits
ist aber nicht zu vergessen, daß bereits das Schulwesen durch regulä res
Umgehen und Übergehen aller kriegerischen und militaristischen Dinge
ganz Außerordentliches leisten könnte; hier könnte die Geistlichkeit das
erste Wort sprechen. Den Künst lern jedoch fällt die Aufgabe zu, durch
Verspottung aller Uni formgeschichten den Geschmack im Bekleidungswesen derart zu fördern, daß es jedermann für ungebildet ansehen muß, wenn
er sich so kleidet wie sein lieber Nachbar; dann wird jede Uniform bald wie
eine Karikatur wirken und Lachreiz erwecken. Ist erst die allgemeine
Stimmung energisch gegen alles Soldatentum aufgebracht – so werden die
Regierungen der einzelnen Staaten sehr bald gezwungen sein, sich so weit
zu einigen, daß dem Willen der Völker Rechnung getragen werden kann.
Man vergesse nicht, was ein einziger Mann vermag, der über die Waffen
eines allzeit schlagfertigen Spottes verfügt. Und diese Waffen des Spottes
müssen den Völkern in die Hand gedrückt werden. Spöttisch lachende
Völker werden unwiderstehlich sein.*

Hiermit schließt der erdmännische Autor noch nicht ab – er gibt
noch manchen Fingerzeig über den Spottkampf im allgemeinen und
deckt einzelne Stellen auf, in denen sich der Spott leicht festbeißen
kann. Aber aus dem, was ich vorlas, werden die Mondvölker ent-
nehmen, daß es doch einzelnen Erdmännern sehr wohl darum zu
tun ist, die ekelhaften Zustände im Erdendasein ein wenig zu mil-

dern. Jedenfalls gibt man sich da unten doch Mühe – aufzusteigen – wenn auch die Intelligenz in den Maßen vorläufig nicht sehr hoch anzuschlagen ist. Uns kann es selbstverständlich von unsrem Zuschauerstandpunkt aus ganz gleich bleiben, ob die Erdmänner sich gegenseitig totschießen oder umarmen. Aber da mit so viel gutem Willen Kämpfe vorbereitet werden, die auf der Erde mindestens eine ebenso große Revolution erzeugen müssen wie auf dem Monde die Bohrarbeiten fürs große Teleskop – so hätte ichs doch gerne, wenn die beiden Revolutionen in einen gewissen Zusammenhang gebracht würden. Man vergesse nicht, wie bewunderungswürdig die gute Laune ist, mit der da unten so entsetzlichen lächerlichen Übelständen zu Leibe gegangen wird. Und so sage ich denn im Namen der Erdfreunde: Wenn die Friedensfreunde auf der Erde nicht siegen, so sind die Erdfreunde des Mondes bereit, an den Bohrarbeiten sämtlich teilzunehmen; wenn nach fünfzig Jahren nicht ein einziger Staat auf der Erde, der augenblicklich noch die allgemeine Wehrpflicht anerkennt, diese abgeschafft hat – so könnten die Bohrarbeiten auf dem Monde sofort beginnen.«

Knéppara schweigt.

Und alle denken über das Gesagte nach.

»Es ist«, sagt dann nach langer Pause der weise Zikáll, »sehr interessant, solche Lebewesen, die ihr Unglück mit Laune und sogenanntem Humor bekämpfen wollen, kennenzulernen. Da wir das Unglück nicht kennen, brauchen wir allerdings keinen Humor. Aber ich kann nicht bestreiten, daß ich mich für den erdmännischen Humor interessiere; ich bin neugierig, ob der auf Erden siegen wird – und darum würde ich gern für Knépparas Antrag stimmen.«

»Es sieht mir nur«, sagt da langsam der Mafikâsu, »so wie Leichtsinn aus, wenn wir die Herstellung unseres großen Fernrohrs von dem Benehmen der Erdmänner abhängig machen, die doch dadurch, daß sie ihr Leben nur durch Vernichtung andrer Lebewesen erhalten, uns so fern stehen, daß ich nicht begreife, wie man die kleinen Revolutionen auf der Erdoberfläche mit der großen Revolution des Mondes in einen ideelichen Zusammenhang bringen kann.«

Da werden sehr viele Ratsherren plötzlich rot, und der l.oso sagt eifrig: »Aber Mafikâsu! Hast Du denn ganz vergessen, daß Du vor nicht gar zu langer Zeit einen Antrag bei uns eingebracht hast, der dem des Knéppara verflucht ähnlich sieht?«

»Und glaubst Du denn«, ruft nun Knéppara heftig, »daß die Art, in der die Kreaturen der Erde zu leben aufhören, für diese so furchtbar unpassend ist? Ich dächte, solange sich ein Stern noch nicht in beruhigtem Zustande befindet – solange kann ihm gar nicht daran liegen, daß seine Kreaturen leben bleiben. Und wissen wir denn, was es mit dem Sterben auf der Erde auf sich hat? Wir haben nur die Bilder davon, die unser Auge uns gibt. Sprechen wir doch nicht zu viel über die ›niedrige‹ Stufe des Sterns Erde! Vielleicht steht der Stern Erde unter den astralen Lebewesen viel höher als der Stern Mond; denn was auf der Oberfläche der Erde vor sich geht, könnte doch für den Kern gar nicht maßgebend sein; es fragt sich sehr, ob ein Stern auch von den Würmern, die auf seiner Oberfläche herumkrabbeln, ein vollkommenes Dasein verlangen muß; von astraler Moral haben wir doch keine Vorstellung. Es ist doch möglich, daß jemand nicht viel auf die Vollkommenheit seiner Haut gibt – wenn er sich innerlich vollkommen fühlt. Wir Mondleute müssen doch auch sagen, daß unsre faltenreiche haarlose Haut nicht eine vollkommene Sache ist; es ist doch schon etwas Unvollkommenes, wenn man, wie bei uns, aus dem Aussehen der Haut sofort auf das Innere schließen kann – so daß niemand seine Empfindungen zu verbergen vermag.«

Da lachten alle Mondleute.

Und ihre Falten im Gesichte flimmerten, als wären sie aus gummiartigem Opal. Und die blauen Augen der Mondleute leuchteten, und ihre Fühlhörner zitterten auf ihren Köpfen.

Dann aber sagte Mafikâsu leise:

»Wenn nach fünfzig Jahren nicht drei Staaten auf der Erde, die augenblicklich noch die allgemeine Wehrpflicht in den sogenannten europäischen Uniformskostümen anerkennen, diese allgemeine Wehrpflicht in ihren drei Staaten abgeschafft haben – so könnten die Bohrarbeiten auf dem Monde beginnen. Möchte Knéppara seinen Antrag nicht in diesem Wortlaute formulieren?«

Es wurde wieder mäuschenstill in der Ratshalle, so daß man nicht das Atmen hörte.

Auch die Völkerscharen, die an den Wänden aus Bergkrystall und oben im Trichter und auf der Außenseite des Kraters versammelt waren, sprachen kein Wort.

Die telegraphischen Tafeln waren überall so angebracht, daß die Reden, die die Ratsherren auf ihren Amethystsäulen hielten, überall sofort verständlich wurden; die Apparate machten ohne weiteres aus allen Worten auf den telegraphischen Tafeln große Schriftzeichen, die jeder Mondmann leicht mit seinem Fernglas lesen konnte; die Farbe der Ratsherren war auf den Tafeln unten in Punkten sichtbar.

Lange Zeit währte die Ruhe im Ratskrater.

Die hundert Ratsherren zitterten nicht mit den Fühlhör nern, blickten auch nicht mit den Augen nach rechts und nach links, sie blickten vor sich runter in die tiefe Tiefe; die Herren dachten eifrig über das Gesagte nach.

Und nach anderthalb Stunden sagte Knéppara leise: »Ja!«

Da atmeten die Ratsherren ganz tief auf – so daß ein kleiner Wirbelwind im Krater entstand.

Und dann sagte Loso leise: »Wir wollen abstimmen.«

Und alle hundert Ratsherren waren in den nächsten fünf Minuten rot; sie warens nicht auf einmal geworden – aber sie wurdens doch nach und nach sämtlich.

Und ein unbeschreiblicher Jubel durchbrauste den großen Ratskrater, daß die schlanken Amethystsäulen bebten.

Nun ward es wieder ruhiger auf der bemoosten Seite des Mondgestirns, und die lauten heftigen Reden der Mondleute verstummten allmählich.

Von den Blitzblumen war nicht mehr die leiseste Spur zu bemerken, sie kamen wie der Blitz und verschwanden auch so.

Die fünfzig Tonnenwagen wurden wieder ins Innere des Mondes gebracht und in der Nähe der Fabrikgrotten aufbewahrt; die Wagen sollten eigentlich verbessert werden, gerieten aber bald in Vergessenheit.

Nach all der großen Erregung kam jetzt eine Zeit der Abspannung.

Und es wurden sehr viele Mondleute müde.

Und der Pflastermann hatte mit seinen Gehilfen viel zu tun.

Und die hohen violetten Hallen der Todesgrotten bevölkerten sich immer mehr und mehr.

Oben an den Kratern wurde jetzt die Erde mit größtem Eifer beobachtet, und die Museen, in denen sich die Photographien der Erdbilder befanden, wurden überall durch Inanspruchnahme andrer Grotten erweitert.

Und bei dieser Erweiterung wurde viel Glas von der Jenseitsseite des Mondes geholt; in den Fabrikgrotten hatten die Erdfreunde zu diesem Zwecke eine kolossale Maschine hergestellt.

Der Pflastermann wunderte sich über die große Arbeit, die diese Maschine verursacht hatte und sagte mal zum Loso, dem großen Glasfreunde:

»Ist es nicht verwunderlich, daß die Erdfreunde so viel Scharfsinn und so viel Arbeit aufwenden, bloß um ja nicht die alte Erde aus dem Auge zu lassen? Und ist es andrerseits nicht wieder verwunderlich, daß sie der Arbeit, die das große Fern rohr verlangt, so ängstlich aus dem Wege zu gehen trachten ? Wie reimt sich das?«

»Lieber Pflastermann«, versetzte da der Loso, «die Geschichte nimmst Du nicht so ganz richtig. Die Erdfreunde gehen den großen Arbeiten durchaus nicht aus dem Wege. Wer das Gegenteil behauptet, kennt uns nicht. Bedenke mal bloß, was das für Mühe gekostet hat, die einzelnen Sprachen der Erdvölker zu entziffern! Das war keine kleine Arbeit – wahrhaftig nicht! Und sie ist noch lange nicht abgeschlossen. Was den Knéppara und mich veranlaßt, soviel gegen das große Fernrohr zu reden – das ist doch nicht Arbeitsscheu. Wir wollen bloß nicht in unsren Arbeiten, die noch viele Lücken aufweisen, gestört werden. Schließlich hoffen wir, in den fünfzig Jahren, die wir Vorsprung gewonnen haben, so viel zusammenzubringen, daß wir uns ein bißchen verschnaufen können. Die Erdfreunde arbeiten heute mehr denn je. Es sieht uns eben so aus, als ob jetzt auf der Erde jeden Tag Wunder passieren könnten. « »Hm!« sagte da der Pflastermann »auf dem Monde siehts mir jetzt auch so aus, als ob alle Tage Wunder passieren könnten.«

»Wie«, fragte Loso, »meinst Du das? Ich dächte, es wären jetzt bald genug Wunder bei uns passiert. Mafikâsus Erfolge – der Lanzen-Nebel – die Blitzblumen – der Diamantengletscher – der große Rubin – ist das nicht schon alles, was sein kann?«

»Ich glaube« flüsterte der Pflastermann geheimnisvoll, »es ereignen sich noch mehr. Wenn Du in die Todesgrotten mitkommen möchtest, so würdest Du was erleben. Ich habe die Sache nun schon sehr lange geheimgehalten, da ich glaubte, auf dem Monde sei schon genug Erregungsstoff da.«

Na – Loso begleitete gleich den Pflastermann.

Und in den Todesgrotten fanden sie in einem stillen dunklen Winkel den gelehrten Zikáll, der neben den Herren Nadûke und Klambátsch saß.

Zikáll sagte gleich:

»So was ist noch nicht vorgekommen. Die Herren sitzen nun bereits über zwei Jahre, und die Neubildung in der linken Ballonseite zeigt sich nicht. Dafür zeigen sich andre Erscheinungen. Wartet ein wenig – die Geschichte muß gleich wieder losgehn.«

Und kaum hatte er das gesagt, so entstand ein seltsames dunkelblaues Licht in den Körpern des Nadûke und Klambátsch ZU gleicher Zeit. Und jedes der beiden dunkelblauen Lichter irrte in dem Leibe herum und sprang dann wie eine Leuchtkugel raus und tanzte in der Luft auf und ab wie ein Irrwisch. Und plötzlich zerspritzten die beiden tanzenden Lichter – und die blauen Lichtteilchen waren gleich wie dünne weiße Schlangen – die sich in der Luft hin und her schlängelten – und dann langsam nach allen Seiten zerrieselten – wobei es zuweilen so aussah – als wenn Schneeflocken herumflögen.

»Was ist denn das?« rief der Loso, als es vorbei war.

»Wir müßten die Sache«, sagte der Pflastermann, »eigentlich bekanntmachen. Mich hält nur eine Ahnung zurück. Diese Lichterscheinungen haben sich beinahe schon hundertmal gezeigt. Die beiden Herren wissen nichts davon. Aber nach jeder Lichterscheinung habe ich den Körper der beiden ein wenig verändert gefunden. Die Sache spielt schon viel länger als zwei Jahre – es sind bald vier. Wenn bei andern das Herauswachsen des neuen Rumpfes ein halbes Jahr dauert so ist das schon lange. Wir wollen nun noch einmal ganz genau nachsehen.«

Der Pflastermann löste ein paar Pflaster vom Bauche des schlafenden Herrn Nadûke ab – und wurde dabei sehr rot, um besser sehen zu können.

Und mit einem Male fing der Pflastermann furchtbar zu lachen an. Zikáll und Loso wußten zuerst nicht, was das Lachen bedeuten sollte.

Doch sie solltens bald erfahren.

Sie flogen näher, betrachteten den Bauch des Sterbenden sehr aufmerksam – und sahen nun – zwei ganz winzig kleine Köpfe nebeneinander in Nadûkes linker Ballonseite.

Der Pflastermann lachte noch immer.

Aber die Herren Zikáll und Loso schlugen entsetzt die Hände überm Kopfe zusammen und rissen den Mund weit auf.

»Das bedeutet ja«, rief Loso, als erwiederzu sich kam, »daß jetzt zwei Nadûkes entstehen.«

»Das bedeutet es!« sagte der Pflastermann ernst, » jetzt weiß ichs genau; nun können wir von dem unerhörten Wunder allen Mondvölkern Nachricht geben. Ich war bis heute meiner Sache noch nicht ganz gewiß; ich kann mich auf die Feinfühligkeit meiner Finger nicht mehr so recht verlassen; ich glaube, ich werde auch bald müde.«

»Wie steht es aber«, fragte Zikáll, »mit dem Herrn Klambátsch? «

Der Pflastermann nahm auch dem Klambátsch ein paar Pflaster ab – und da waren ebenfalls zwei Köpfchen in der Ballonhaut zu sehen.

Die beiden Sterbenden wurden wieder in die bequemste Lage gebracht, und dann flogen die drei, die das Wunder gesehen hatten, sehr rasch davon.

Und bald wußten alle Mondvölker, daß es demnächst zwei Nadûkes und zwei Klambátsche geben würde.

Und diese Nachricht brachte alle Mondvölker in ein paar Augenblicken ganz aus Rand und Band.

Die Erregung wurde im Handumdrehen so furchtbar, daß alle Führer und alle Ratsherren in größter Eile durch die Lüfte sausten – ohne zu wissen – wohin.

Alle Mondleute waren glühendrot und rangen die Hände.

Und an den Kratern wimmelten die Völker durcheinander – als wenn ein großes Feuer – Funken sprühte.

Und sie flogen in die Todesgrotten und flogen wieder in die Fabrikgrotten – und dann wieder nach oben – und wußten nicht – was sie eigentlich wollten.

Es war eine Aufregung!

Nicht zu sagen!

Und das Merkwürdige an der ganzen Geschichte war, daß alle Mondmänner nicht wußten, ob sie sich über dieses Wunder freuen – oder ob sies für ein Unglück halten sollten.

Die Trubelstimmung währte ohne Unterbrechung volle vierundzwanzig Stunden.

Dann aber kamen die hundert Ratsherren im Ratskrater zusammen und beschlossen, sich gegenseitig ihre Meinungen über dieses eigenartige Naturereignis mitzuteilen.

Und da saßen sie denn wieder mal auf ihren langen schlanken Amethystsäulen – und die Völker ringsum lauschten wieder.

Aber in dieser außerordentlichen Sitzung waren die Herren Ratsherren sämtlich rot wie glühendes Eisen.

Und keiner hatte lachende Gedanken, denn wenn die Sache eine Zukunft hatte...

»Sollen wir«, sprach Zikáll, »annehmen, daß wir nun fürderhin immer gleich mit zwei Schädeln denken werden? Müssen wir nicht befürchten, daß sich unsre Zahl verdoppeln könnte?«

»Und werden wir da«, meinte der große Loso, »nicht schließlich genötigt sein, eine neue Ratsgrotte zu suchen? Ist es nicht nötig, unter den obwaltenden Verhältnissen zweihundert Ratsherren zu wählen? Daß wir uns, wenn sich jeder von uns in zwei Teile spaltet, diese beiden Teile als gleichdenkend vorstellen können, das können wir uns doch nicht denken.«

Ohne diese Worte zu beachten, sprachen nun die andern.

Und alle sprachen – hintereinander – ohne Rücksicht auf die Vorredner – in langen wohlgesetzten Reden.

Und alle hatten plötzlich so viel zu sagen – daß es auf die zuhörenden Mondvölker ganz schrecklich wirkte – denn so viele Meinungen hatten sie noch niemals in einer einzigen Ratssitzung vernommen.

Sonst wars in den Ratssitzungen immer so einfach zugegangen – man war ja vorher immer schon einig gewesen – wer sprechen sollte – im Auftrage der anderen.

Und jetzt sprachen alle Hundert.

Das war neu.

Die Namen der Herren Nadûke und Klambátsch wurden in den Reden an die hunderttausend Mal gebraucht; diese beiden Herren, die an Ruhm ihr Lebtag kaum mal dachten, hatten jetzt einen unheimlichen Ruhm; Gepenster könnten keinen haben, der unheimlicher wäre.

Und es empfanden bald alle Ratsherren, daß sich eine große Verwirrung ihrer bemächtigt habe.

Zum Schlusse sprach Knéppara ein erlösendes Wort:

»Liebe Freunde«, sagte er, »ich glaube, daß alle Reden vorläufig recht überflüssig sind, denn wir müssen doch zunächst mal abwarten und erst wissen, ob sich derartige Doppel-Geburten wiederholen werden. Es ist doch nicht so ohne weiteres anzunehmen, daß wir nun gleich sämtlich dazu verurteilt seien, in zwei Köpfen und zwei Leibern weiterzuleben. Ich glaube, wir täten gut, unsre Sitzung so lange zu vertagen, bis sich die Doppel-Geburten in größerer Zahl zeigen. Die Herren Nadûke und Klambátsch dürfen uns doch nicht vollständig aus der Fassung bringen. Wir haben in letzter Zeit doch wahrlich schon Dinge vertragen, die schwerer sind – Dinge, die noch tiefer in unsre Lebensverhältnisse einschneiden – obschon ich zugebe, daß uns dieses Ereignis in unsern Todesgrotten nicht ohne Grund im ersten Augenblick – ein wenig verwirrte.«

Nach diesen Worten beschlossen die Ratsherren, die Sitzung zu vertagen.

Das ging allerdings nicht so schnell – denn es sprachen noch sehr viele Mondleute, die sonst jahrhundertelang kein Wort geredet hatten, zum zweiten und dritten Mal.

Schließlich aber trennten sich die Ratsherren trotzalledem allerdings mit schwerem Herzen – denn die Aussicht, nächstens immerzu einen gleichberechtigten Namensbruder und Leibbruder neben sich zu sehen und neben sich zu hören – erschien keinem Mondmann als etwas Angenehmes – obwohl wieder viele der Meinung waren, daß diese neue Form der Lebensäußerung sicherlich mindestens so interessant sei – wie die Ereignisse im Lanzen-Nebel.

Nun – darüber ließ sich streiten.

Und das wurde auch reichlich getan.

Langsam – sehr langsam ging die Beruhigung der Mondvölker vor sich.

Die Herren Nadûke und Klambátsch kamen schließlich tatsächlich als vier Mondleute an die Oberfläche.

Und dieses verdoppelte Erscheinen machte wieder alle Völker rot; jeder Mondmann wollte nun was andres von den vieren erfahren.

Da gab es gleich ganze Labyrinthe von Fragen.

Und so hatten sowohl Nadûke I wie Nadûke II – wie auch Klambátsch I und Klambátsch II so viel zu antworten, daß ihnen bald das Antworten unmöglich wurde.

Und die vier ließen sich zusammen in einer einsamen Höhle am Zackenfall nieder und baten die Neugierigen herzlichst, vorläufig bloß fern zu bleiben – ganz fern.

Es ließ sich auf diese Weise nicht einmal feststellen, ob die Zweiten genauso dachten wie die Ersten; das wußten sie eben wie so vieles andre selber noch nicht.

Nun ereignete es sich währenddem, daß beinahe sämtliche Führer zu gleicher Zeit schrecklich müde wurden und – ohne es eigentlich zu wollen – genötigt waren, die Todesgrotten aufzusuchen.

Da bemächtigte sich der Mondvölker natürlich abermals eine Panik – denn nun fragte es sich ja – ob sie fürderhin von Doppelwesen regiert werden würden.

Die Geschichte wurde schwierig und gab jetzt auch denen einen tüchtigen Stoß, die schon was vertragen konnten.

Die ganze Beschaulichkeit ging in die Brüche.

Rasibéff war ebenfalls unter den Müden – und er war der erste, bei dem sich die blauen Lichterscheinungen zeigten.

Als es nun klar wurde, daß auch Rasibéff fürderhin in zwei Köpfen und in zwei Rümpfen und in zwei Ballonbäuchen weiterleben mußte – da wußten die Mondmänner nicht mehr, wo ihnen der Kopf stand.

Anfänglich glaubte der Pflastermann, der jetzt selbstverständlich das erste Wort in allen Mondangelegenheiten hatte, es sei nicht unwahrscheinlich, daß die Ballonbäuche zusammen einen bilden könnten.

Dieses bewahrheitete sich glücklicherweise nicht; aber die Furcht vor einer derartigen Mißgeburt hatte nur noch wenig Eindruck auf die Mondvölker gemacht – sie waren schon ganz abgestumpft durch all das Unerwartete.

Beruhigend wirkte dann, als bei Mafikâsu und Knéppara alles normal verlief.

Und dann kam auch Zikáll wieder so aus den Todesgrotten heraus, wie er hineingeflogen war.

Und dann ereignete sich kein weiterer Fall, der zu Bedenken Anlaß bot.

Die Doppelgänger vermehrten sich nicht mehr.

Und die Furcht vor dem Doppelgängertum, die dem Mondmannsverstande schädlich zu werden drohte, löste sich langsam auf – und zerrann.

Und bald hatten sich die Mondleute an ihre drei Doppelmänner gewöhnt.

Es scheint eben sämtlichen Lebewesen des Weltraums gemeinsam zu sein, daß sie sich an alles Wunderbare sehr rasch gewöhnen und es dann so behandeln wie all die anderen bekannten Wunderdinge der Gewöhnlichkeit.

Und es wunderte sich nach einem Jahre kein Mondmann mehr, wenn Nadûke I eine ganz andre Meinung äußerte als Nadûke II – es wunderte sich auch über die Rasibéffs keiner mehr, wenn die beiden regelmäßig dasselbe sagten – und zwar wörtlich.

Klambátsch I war ein eifriger Erdfreund – und Klambátsch II konnte sich nur für die verschiedenen Glassorten begeistern und befand sich infolgedessen gewöhnlich in der Nähe des großen Loso.

Nach zehn Jahren dachten die Mondleute gar nicht mehr an die drei Uberzähligen.

Die große Wette jedoch – die hatte keiner vergessen.

Und so kam es, daß selbst die Weltfreunde viel öfter über das Militärwesen der Erdbewohner redeten – als über die große Welt.

Das machte natürlich die Führer der Weltfreunde sehr ungeduldig, besonders beklagten sich die Rasibéffs über diese zeitraubende Beschäftigung mit den alten irdischen Wurmverhältnissen.

Die Rasibéffs hatten auch allen Grund, über die kostümierten Massenmörder des Erdballs nicht freundlich zu reden denn es zeigten sich an verschiedenen Stellen des Himmels so merkwürdige Phänomene, daß wahrlich jeder Weltfreund vollauf ZU tun hatte; das photographische Material war oftmals neu zu ordnen und von verschiedenen Gesichtspunkten aus den früher entdeckten Phänomenen anzugliedern.

Ganze Sternhaufen waren neuerdings entdeckt worden, von denen sämtliche Sternkarten keine Spur verrieten. Und man gelangte bald zu der Einsicht, daß diese neuen Sternhaufen zu den wandelnden gehörten.

»Abermals«, sagte Mafi, » ein Beweis, wie nötig wir das größere Fernrohr gebrauchen. Wir sehen allnächtlich den großen Himmel mit einer ganz erklecklichen Anzahl von Fernrohren an und bemerken plötzlich, daß wir unzählige Sterne, die in Haufen immerzu da sind, doch nicht bemerken, da sie ein bißchen weiterab liegen. Die Existenz von wandelnden Sternhaufen ist bisher stets bestritten worden, und nun zeigen sich solche Wandelsternhaufen plötzlich zu gleicher Zeit an fünf Stellen.«

Es waren nämlich solche wandelnden Sternhaufen gleich zeitig an fünf räumlich weit voneinander getrennten Stellen des Himmels entdeckt worden. »Was«, bemerkte Zikáll, »die Meteore in unserm Sonnensysteme sind, das sind die wandelnden Sternhaufen in unserm Raum.«

Verblüffend wirkte die ungeheure Schnelligkeit, mit der die Sternhaufen dahinzogen – sie bewegten sich alle in denselben spiralförmigen Kurven und wurden dabei bald größer und bald kleiner.

Wie kantige Glastücke sahen die neuen Sterne aus, sie wechselten unablässig die Farben; in welchen Verhältnissen die Sterne in den einzelnen Haufen zueinander standen, ließ sich bei der großen Entfernung nicht konstatieren.

Dagegen bemerkten die Mondleute, daß altbekannte Nebelflecke, die allgemein für Milchstraßensysteme angesehen wurden, sehr rasch ihren Standpunkt beim Herannahen der wandelnden Sternhaufen veränderten.

Es wurde hierbei berechnet, daß die Nebelflecke, die auswichen, in ein paar Sekunden viele Trillionen von Sternweiten weiterschwebten, während die wandelnden Haufen selbstverständlich noch viel schneller waren.

Und die Mondleute nennen erst die Strecke von tausend Billionen Meilen – eine Sternweite.

»Man sollte«, bemerkte Zikáll, »wahrlich glauben, daß derartige Veränderungen im Weltraume den ganzen Tanz der Sterne verwirren müßten. Und dennoch sehen wir, daß dieser Ortswechsel der Nebelflecke die Nachbargebiete ganz kalt läßt; es muß doch sehr viel Raum in der Unendlichkeit vorhanden sein – das empfindet man sonst gar nicht so deutlich. «

»Hieraus schließe ich«, sagte Nadûke II, »daß wir uns selber im Raume – mit unserm ganzen Milchstraßensystem zusammen – sehr schnell hin und her bewegen. Ich bin der Meinung, daß wir uns ebenfalls in einem wandelnden Sternhaufen befinden. «

Das Wort erzeugte eine heftige Debatte, denn Nadûke I widersprach dieser Ansicht durchaus. Und es stritten sich bald an die hundert Gelehrte über die große Frage, ob sich der Mond in einem wandelnden oder in einem stillsitzenden Sternhaufen befindet.

Zu Resultaten führte diese Debatte vorläufig noch nicht.

Die Erdfreunde entdeckten währenddem etwas Neues auf der Erdoberfläche.

Die Erdmänner, die in den Kostümen des allgemeinen Söldnertums staken und zusammen die herrlichen Volksheere repräsentierten, hatten plötzlich ganz andre Kostüme an.

Das war folgendermaßen gekommen:

Da von seiten der Künstler Jahre hindurch behauptet wurde, daß die Soldatenkostüme künstlerisch nicht befriedigen könnten, da alles Uniforme den Reichtum der Natur zerbreche – so waren die Künstler – man staune! – aufgefordert worden, künstlerische Kostüme zu zeichnen und zu kolorieren. Und nach einzelnen dieser künstlerischen Arbeiten stellten danach die Armeeverwaltungen neue Uniformen in Massen her; es wurde dabei viel über das Wort ›Uniform‹ geredet, ohne dem Prinzip, dem man doch zu Leibe wollte, wehe zu tun – die Erdmänner leisteten dabei etwas im wohlgefügten oratorischen Satzbau.

Da sah man denn bald die Soldaten mit stilvoller Ornamentstickerei an den Armen und am Halse – auf dem Kopf, auf dem Rücken und auf der Brust – besonders aber an den Beinen.

Der sonst so schweigsame Klambátsch I sagte dazu mal lächelnd:

»Diese Erdmänner schämen sich gar nicht, daß sie Beine haben.«

Aber nicht nur der Ornamentschmuck machte die Uniformen neu und eigenartig – auch die Farbenkomposition wies viel größeren

Reichtum auf und wirkte besonders auf der Rückenpartie der Offiziere sehr stimmungsvoll – im Geschmack alter Glasmalerei – worüber alle Glasfreunde auf dem Monde ganz entzweigingen vor Entzücken.

Über die neuen Uniformen sagte eine erdmännische Tageszeitung, die grundsätzlich für die Erhaltung der bestehenden Zustände mit Feuereifer eintrat, folgende Worte, die im Zinnoberkrater photographiert worden waren:

Es wird, sagte das Blatt wörtlich, *heutzutage vieles umgestoßen. Das liegt bedauerlicherweise daran, daß wir alles immer wieder in neuer Form haben wollen. Und deshalb soll man stets den Dingen, die erhalten bleiben sollen, ein neues Kleid verschaffen; manches kann eben im alten Kleide nicht weiterleben und muß deshalb ein neues haben. So gings auch bei unsern braven Vaterlandsverteidigern. Das Interesse an der Wehrkraft unsrer Land- und Seetruppen, das schon durch Verweichlichung der Gesinnung arg zurückging, hat durch die neue Uniformierung einen neuen starken Impuls erhalten. Die Soldaten werden den Künstlern von Herzen dankbar sein für die schönen Röcke und Hosen, die vom Genius der Kunst entworfen wurden. Die Soldaten werden es gerne vergessen, daß die Künstler anfänglich nur deshalb gegen die alten Uniformen eiferten, um dadurch an dem Fundamente unsres Heerwesens zu rütteln. Es ist anders gekommen. Denen, die Gott lieben, müssen alle Dinge zum Besten dienen.*

»Da ist ja«, sagt Knéppara, »recht viel Aussicht vorhanden, daß die Heere der Erdmänner abgeschafft werden.«

»Humor, der nicht verstanden wird«, meinte Klambátsch I, »kann natürlich keine Wirkung ausüben.«

Die Freunde des Sterns Erde lächelten schmerzlich und besahen sich ihre feinen Hände, was die Mondleute immer dann tun, wenn eine intensive Abneigung gegen eine störende Geschichte in ihnen aufsteigt.

Doch die Zeit ging dahin – im Fluge.

Und zwanzig Jahre nach der großen Ratssitzung, in der das erdmännische Soldatentum so wichtig gemacht wurde, hatte man wieder mal ein anderes Bild vom Erdball; der sah jetzt so aus, als wenn endlich alles gründlich verrevolutioniert werden sollte.

Knéppara sagte feierlich:

»Es können sich Wunder auf der Erde ereignen! Photographieren wir besonders die Tageszeitungen!«

Das geschah denn auch.

Aber dabei kam was Schönes zutage.

Bekanntlich war es die Absicht der irdischen Friedensfreunde schon vor zwanzig Jahren gewesen, die Tagespresse auf ihre Seite zu ziehen; diejenigen Zeitungen, die von den Friedensfreunden tüchtig bezahlt bekamen, taten natürlich alles mögliche für die Verbreitung der Friedensideen – aber die andern Zeitungen, die nach ihrer Meinung nicht genug für ihren Schlund kriegen konnten, taten bald alles mögliche zur Verbreitung der Kriegsideen – und verstanden es, ihre Leser durch kriegerische Alarmartikel und tägliche Mordsgeschichten so zu verrohen, daß es in kurzem gradezu als Vaterlandsverrat betrachtet wurde, wenn jemand seine Kinder nicht schon im zarten Alter von zehn Jahren militärisch drillen ließ – wofür es viele staatliche Erziehungsanstalten gab, die das Drillen ganz umsonst besorgten.

Und so erfuhr der Militarismus auch durch die Tagespresse nur eine Steigerung seiner Kraft, was allerdings zur Folge hatte, daß die Erdleute überall geneigt waren, große Revolutionen zu arrangieren.

Und so wurde manches anders – ganze Reihen von Potentaten wurden abgeschafft – aber die stehenden Heere wurden keineswegs abgeschafft.

Die von den Regierungen gut bezahlte Tagespresse sorgte dafür, daß das Interesse am Heerwesen nicht wieder erschlaffte. Aller Hohn und Spott von seiten der Friedenspartei nutzte gar nichts; die Soldaten lachten die Friedensleute einfach aus und drückten ihnen öfters die Hände und sagten freundlich:

»Ihr habt das meiste zu unserm Wohlsein beigetragen. Wenn Ihr nicht so viel auf das Soldatenwesen geschimpft hättet, so lebten wir heute noch so schlecht wie die armen Stiefelputzer, die vor zwanzig Jahren dienten. Jetzt leben wir einen Herrentag!«

»Sehr gut!« sagte Loso, als er das in den hellen Museumsgrotten las,» wir werden sicherlich siegen; ein Wunder kann sich ja, wie

Knéppara sehr richtig äußerte, immer noch ereignen. Verlieren wir nur den Mut nicht; die Erdmänner verlieren ihn auch nicht.«

Und als nun dreißig Jahre nach der entscheidenden Ratssitzung ins Land gegangen waren, da fiel es allen Erdfreunden sehr sauer, noch fürderhin auf Abschaffung des irdischen Militarismus zu hoffen; grade die Bekämpfung des Militarismus von seiten einzelner Erdmänner hatte diesen erst recht stark gemacht – und es machte sich auf Erden schließlich die Meinung geltend, daß grade die Bekämpfer des Soldatentums die gemeingefährlichsten Leute seien.

Und dieses letztere stimmte – denn eine Sache, gegen die man kämpft, beeinflußt das innere Wesen des Kämpfenden im Sinne der bekämpften Sache; der Kampf gegen die Roheit verroht mehr als jeder andre Kampf; die Bekämpfer des Verbrechertums werden die größten Verbrecher; und der Kampf gegen die Verrücktheit macht selbst das bißchen reine Vernunft in uns zu einer ganz verrückten Sache.

Das Uniformwesen aber nahm auf Erden immer mehr überhand, und es war tatsächlich herzlich langweilig, diese wohlbewaffneten Erdvölker, die sich ewig und immer nur an die Gurgel packen wollten, noch länger anzusehen – statt anzuspeien.

Und viele Mondmänner bedauerten bereits, daß das große Fernrohr den dummen Erdmännern eine so große Wichtigkeit verliehen hatte.

»Die Erde«, sagte Knéppara, »ist tatsächlich ein langweiliger unsympathischer Stern.«

Dieses Bekenntnis machte natürlich großes Aufsehen.

Und viele Weltfreunde bedauerten jetzt lebhaft, daß der Beschluß der Ratssitzung unveränderliche Gültigkeit behielt.

Alle wurden von großer Ungeduld gepeinigt; die Weltfreunde sehnten sich nach dem großen Rohre, und die Erdfreunde hatten an dem durchweg ekelhaften Gebaren der Erdvölker keine Freude mehr, da alle Hoffnung auf ein Besserwerden der irdischen Zustände wie eine Albernheit aussah.

Und die Weltfreunde machten am Himmel so viele neue Entdeckungen, die immer wieder die Sehnsucht nach dem großen Teleskope fast ins Krankhafte steigerten.

Auf einer nicht allzu weit entfernten Kreisring-Sonne hatte man große Lebewesen entdeckt, die bei den kolossalsten Temperaturen ganz friedlich und ohne Kämpfe nebeneinander lebten.

»Es ist«, sagte Zikáll, »ein großer Irrtum, wenn man annimmt, daß friedlose kriegerische Zustände auf sehr vielen Sternen zu finden seien. Es ist doch ein bodenloser Stumpfsinn, wenn man sich ein erhöhtes heftiges Pulsieren des Lebens immer als Begleiterscheinung von Kampf und Vernichtung denkt. Zustände, wie wir sie auf der Erde kennenlernen, gibt es wohl noch an verschiedenen Punkten des uns bekannten Weltenraums – aber diese Unglücksstätten sind irdischen Pestbeulen vergleichbar – seltsame Ausnahmezustände – einfache Abnormitäten.«

»Daher habe ich mich«, versetzte Knéppara, »auch so leidenschaftlich mit der Erde beschäftigt. Ich will doch hinter die Ursache kommen, der derartig abnorme kranke Zustände ihr Dasein verdanken – so was muß doch Gründe haben. Es muß doch was dahinter stecken.«

Mafikâsu sagte da errötend:

»Ich kann mir nicht denken, daß Lebewesen, die sich gegenseitig töten und verspeisen, irgendeine Spur von höheren Zwecken verfolgen könnten. Es gibt im Weltraum ohne Frage unsäglich viele Kreaturen, deren Erhaltung nicht beabsichtigt werden kann; daß aber was hinter solchen Mistexistenzen stecken könnte – das will mir gar nicht recht einleuchten; wir sehen doch, daß die Gestorbenen da unten nicht wiederkommen.

« Knéppara lächelte und sagte still:

»Vielleicht ist all das Leben, das wir auf der Erdoberfläche wahrnehmen, nur ein Scheinleben, das ein andres Leben, das unter jenem steckt, verdecken und vielleicht auch schützen soll. Vielleicht führen die Erdmänner schon ein ganz andres Leben in ihrem Schlafe. Vielleicht wissen sie noch gar nicht, daß sie ein Doppelleben führen. Vielleicht geht schon etwas andres in ihnen vor, wenn sie das tun, was wir da unten sehen. Das Doppelleben der Erdmänner kann auch noch viel komplizierter sein. Was sie Traumleben nennen, könnte vielleicht bloß ein Teil ihres andren Lebens sein. Die Mondmänner leben nicht im Schlafe – aber die Erdmänner müssens doch; sie reden doch genug von Dingen, die ihnen im Schlafe kommen – und die sie Träume nennen. Wir Mondleute kennen ja so was nicht. Vielleicht empfinden die Erdleute in ihrem Traumleben die feineren Ätherwellen eines besseren vollkommenen Lebens. Wir brauchen das Traumleben wohl nicht – weil wir in unsrer Leibfassung schon das Vollkommene haben – und daher kennen wir auch das bessere l.eben der Erdmänner nicht – diese haben dafür wohl noch keine Worte gefunden.«

»Das erinnert mich«, sagte Mafikâsu nach langer langer Pause, »an eine neue Art von Kometen, die wir in einem sehr hellen Nebelflecke beobachtet haben. Da entstehen aus einem Kometen, der Glaskörper hat, in einem Augenblicke mehrere, und die kreisen dann umeinander und können sich jederzeit wieder vereinen. Ich bin überhaupt der Meinung, daß so einfache Lebewesen, wie es die Mondmänner sind, nur sehr selten im Raume zu finden sein dürften. Ich nehme wenigstens an, daß wir, wenn wir von unsrem Verhältnis zu unsrem Stern absehen, einfach sind und nicht ein Doppelleben führen. «

»Vergessen wir nicht«, sagte Zikáll, »daß wir zwei Rasibéffs und zwei Nadûkes und zwei Klambâtsche haben. Und es wäre wohl sehr wichtig, zu hören, was diese drei oder sechs Personen zu dem, was Mafi meinte, sagen.«

Und man unterhielt sich am nächsten Morgen mit den beiden Rasibéffs – und zwar mit jedem einzeln:

Und es war merkwürdig, daß beide die Empfindung hatten, ihr andres Ich sei sowohl in ihnen – wie auch so außerhalb ihrer Natur, daß es sie immer ganz umschlossen hielte.

Dasselbe sagten auch die beiden Nadûkes und die beiden Klambâtsche.

Aber alle sechs fühlten sich, obgleich ihnen das Verhältnis zu ihrem Nebenmann sehr geheimnisvoll erschien, trotzdem als einfach Naturen; sie empfanden ihr andres Ich zuweilen nur als eine Art Brusterweiterung.

Als nur noch zehn Jahre bis zur Entscheidung hin waren, da machte der große Loso eine Entdeckung, die den Mondvölkern mal wieder einen fürchterlichen Stoß gab:

Loso hatte einfach in einem photographierten irdischen Amtsblatte die Nachricht gelesen, daß ein Staat der Erdmänner, der über hundert Jahre die allgemeine Wehrpflicht anerkannte, diese ganz einfach abgeschafft habe – da seine Regierungsmänner überzeugt waren, daß sie in absehbarer Zeit von feindlichen Nachbarn nicht angegriffen werden könnten.

Weshalb dieser alte Militärstaat seine Stellung auf Erden für so unantastbar hielt – das stand in dem Amtsblatt nicht drin aber ein Staat hatte den Militarismus tatsächlich abgeschafft – das genügte ja.

Und Knéppara konnte lächelnd sagen:

»Es gibt eben überall Wunder – nicht bloß in der weiten Ferne. «

Die Mondleute konnten sich von ihrem Schreck nicht so rasch erholen.

Knéppara lächelte.

Es lächelten aber nicht viele mit ihm.

Die Sache kam so überraschend; man hatte gar nicht mehr erwartet, daß ein Staat der Erdmänner die bunten Röcke der Massenmörder an den Nagel hängen könnte.

Und nun wars doch so gekommen.

Die Weltfreunde priesen Mafikâsus Vorsicht, der damals vor vierzig Jahren verlangt hatte, daß die Gegner des großen Fernrohrs erst dann ihren Willen haben sollten, wenn drei Staaten das stehende Heer abgeschafft hätten.

Nun waren aber noch zehn Jahre hin bis zur großen Entscheidungsstunde.

Bis dahin konnten zwei weitere Staaten ihre jetzt von den meisten Mondleuten gefürchteten friedensfreundlichen Reformpläne doch noch durchsetzen.

Somit schwoll die Beunruhigung immer mehr an.

Und während nun alles für die Freunde des großen Fernrohrs auf dem Spiele stand, geschahen am Himmel abermals neue Wunder.

Ein ziemlich ferner Stern, den man nur mit dem Teleskope des Bleikraters sehen konnte, hatte seine Form verändert und wurde zum Stäbchen, und dieses Stäbchen wurde immer größer und größer – als wenn sich der Stern wie ein Stock, dessen Knopf man bisher nur gesehen, aufrichtete.

Wie gerne hätten alle Weltfreunde jetzt wieder das große Fernrohr gehabt!

Die Erdfreunde waren mit den Jahren auch schon Freunde des großen Rohrs geworden, denn die Beobachtung der dummen Erdmänner machte auf die Dauer wirklich keinen Spaß.

Die große Revolution auf der Erde konnte der großen Revolution auf dem Monde das Genick brechen – das sahen alle ein.

Und da wurde denn die Spannung auf dem Monde fast ermüdend; alle Teleskope, die die Erde beobachteten, wurden von zahllosen Mondleuten immerzu umlagert – denn jeder wollte in die Zukunft schauen und erfahren, ob noch andre Staaten auf Erden soldatenmüde werden könnten.

Im Laufe der Jahre hatte sich der irdische Militarismus ganz erheblich vergrößert – fast verzehnfacht.

Und das war dadurch gekommen, daß viele Staaten, die so lange kein stehendes Heer gehabt hatten, dieses einführten.

Diese neuen Militärstaaten kamen nun nicht für den Mond in Frage.

Aber durch diese neuen Militärstaaten waren einzelne der alten arg in den Hintergrund gedrängt worden, und es durfte sich niemand wundern, wenn von diesen alten verdrängten Militärstaaten einzelne ihre ganze Rüstung fallenließen, sobald sie annehmen konnten, daß allein die Zwietracht der Nachbarn ihnen etwas Unantastbares verleihe.

Das machte die Mondvölker bitter und gereizt.

Es fehlte nicht an Stimmen, die diese ganze Wettgeschichte für bodenlosen Leichtsinn erklärten und die Schuld natürlich den Ratsherren in den Ballonbauch schoben.

Der Unmut wuchs.

Knéppara hörte manches böse Wort.

Mafikâsu mußte ebenfalls viel hinnehmen.

Man sah immer öfter – einen Mondmann grün anlaufen.

Obgleich sich nun jeder Mondmann der grünen Hautfarbe schämte und gegen jede Ärgerstimmung nach Kräften ankämpfte, so durfte doch nicht geleugnet werden, daß die grüne Farbe am Leibe gar nicht mehr so großen Schrecken erregte und auch gar nicht mehr so furchtbar unangenehm berührte – wie früher.

Und während all dieser Unruhen, die überall ein gewisses Revolutionsparfüm erzeugten, geschahen am Himmel unaufhörlich weitere Zeichen und Wunder.

Aus dem gelben Nebelfleck der sechsten Region löste sich eine große durchsichtige Scheibe los, die allmählich rund wurde und Karminfarbe erhielt.

Und diese runde Scheibe vergrößerte sich und schwebte langsam durch den Hintergrund des Raumes.

Und die Sterne, die sich hinter der karminroten Scheibe befanden, erschienen im Roten als blaue Punkte und zitterten als solche heftig hin und her – die Sterne vor der roten Scheibe blieben in ihrer zumeist goldenen Naturfarbe unbeweglich.

Und dieses Farbenspiel von Rot, Blau und Gold wirkte in den Teleskopen entzückend, obgleich es dem bloßen Auge selbst in der Nacht vollkommen unsichtbar blieb.

Herrlich sah hinter der roten Scheibe der Stockstern aus, der als schnurgrade blaue Linie die rote Scheibe scheinbar in zwei Hälften zerschnitt.

Man denke sich eine große karminrote Scheibe übersät mit blauen und goldenen Sternen und durchschnitten von einer blauen Linie, die sich rechts und links als Goldlinie fortsetzt.

Die ersten Mondmänner der Wissenschaft konnten sich nicht an eine diesem Scheibengebilde analoge Erscheinung erinnern, und über Natur und Bestimmung dieses astralen Lebewesens ließen sich nicht einmal Hypothesen konstruieren; jeder feste Stützpunkt fehlte, ein größeres Teleskop hätte hier sicherlich sofort aufklärend gewirkt.

Die Stimmung der Mondmänner ward eine recht verdrießliche. Doch es blieb ihnen nicht viel Zeit, über die unglückliche Lage der Verhältnisse lange nachzudenken.

Im Bleikrater wird abermals eine äußerst interessante Entdeckung gemacht; man beobachtet eines Abends zwei kleine Nebelflecke und bemerkt, daß sie sich einander mit rasender Geschwindigkeit nähern. Die Sache sieht gleich beängstigend aus.

Die beiden Nebelflecke bleiben plötzlich dicht nebeneinander stehen, und Wolken – violette Wolken – dampfen aus den Nebeln empor. Und zu gleicher Zeit werden die Sterne der Umgegend brandrot.

Und aus den Wolken schießen riesige Blumen heraus, die an die Blitzblumen erinnern; tausend Adern durchschlängeln diese Blumen, und die Adern bekommen dicke Köpfe und Gliedmaßen, die Händen ähneln – und die Hände des einen Flecks schlingen sich um die Hände des andern Flecks und scheinen miteinander zu ringen.

Und unten aus den Nebelflecken fliegen fortwährend Sterne heraus – wie Kugeln; und die Kugeln aus dem einen Fleck gehen in den andern Fleck hinein.

Und dieses Schauspiel währt volle drei Jahre – und währenddem erhalten all die brandroten Sterne der Umgegend langsam andre Formen.

Die Mondleute erklären anfänglich dieses großartige Weltschauspiel für einen Kampf, aber Zikáll bemerkt sehr richtig, daß es sehr einseitig wäre, astrale Verbindungen und Entwicklungen aus feindseligen Empfindungen heraus zu erklären; es sei doch eine primitive Vorstellung vom kosmischen Reichtum, wenn man annehmen wollte, daß astrale Lebewesen immer bloß wie die Würmer der Erde zwischen Ab- und Zuneigung herumpendeln müßten.

Die Zahl der photographischen Aufnahmen von diesen beiden aneinandergeratenen Nebelflecken, die fürs bloße Auge zusammen bloß einen einfachen Stern siebenter Größe bilden, wächst ins Ungeheuerliche.

Die Erde wird währenddem beinahe vergessen.

Im vierten Jahre des Weltwunders schlagen plötzlich Flammen aus den beiden Flecken heraus, und die Flammen nehmen die Gestalt riesiger bunter Scheinwerfer an.

Und dann werden die beiden Nebelflecke immer kleiner, und schließlich entdecken die Mondleute, daß die Scheinwerfer aus unzähligen kleinen Sternen bestehen, die in Gasform hinausfliegen ins All – und im Hintergrunde des Weltraums allmählich verschwinden.

Und dann werden die Nebelflecke ganz unsichtbar – und die Scheinwerfer verblassen.

Und darüber sind abermals drei Jahre verflossen, so daß noch vier Jahre bis zu der großen Entscheidungsstunde hin sind.

Viele Mondleute erinnern sich anfänglich gar nicht, worüber die Entscheidungsstunde entscheiden soll; ein Rausch hat alle gepackt, und sie können sich, als von dem großen Weltschauspiel schlechterdings nichts mehr zu entdecken ist, in die alten Verhältnisse von Mond und Erde gar nicht zurückfinden.

Jetzt aber macht sich die Erde in recht unangenehmer Art bemerkbar; ein zweiter Staat dieser Erdmänner hat sein stehendes Heer abgeschafft.

Und dieser zweite Staat zählt mit.

Und das wirkt – als käme plötzlich eiskalte Ätherluft in die alten Mondkrater hinein.

Der Weltrausch ist mit einem Male verflogen.

Den Mondvölkern ist so zumute, als wäre jetzt alles zu Ende, und in leidenschaftlichen Reden bricht ein Grimm durch –

»Man hätte nicht Rücksicht nehmen sollen – auf Knéppara und Mafikâsu – man hätte niemals die Entwicklung des Mondes von der Entwicklung der lächerlichen Erdvölker abhängig machen sollen.«

In dieser und ähnlicher Tonart sprechen jetzt Unzählige.

Einzelne Mondleute schlagen vor, den Ratsherren und Führern auseinanderzusetzen, daß die Beschlüsse im Ratskrater Gültigkeit nicht mehr besäßen.

Die Ratsherren und Führer boten alles auf, die ergrimmten Völker zu beschwichtigen, und erklärten, daß man das Weitere erst abwarten müsse – noch sei ja nicht alles verloren.

Die Weltfreunde wollten die großen Bohrarbeiten beginnen – ohne jede weitere Rücksicht – auch ohne die Hilfe der Erdfreunde.

Es schien eine ganz neue unerwartete Revolution im Anzuge zu sein.

Da traten aber die Führer und Ratsherren sehr energisch auf und erklärten, daß sie allen Arbeiten geschlossen fernbleiben würden, falls man die Unantastbarkeit der Ratsversammlungsbeschlüsse in Frage stellen sollte.

Das half denn doch.

Die Volksmassen sahen bald ein, daß sie allein ohne Führer und Ratsherren kein neues Teleskop erbauen könnten – geschweige denn das große mit der Monddurchmesserlänge.

»Mit Gewalt ist auf dem Monde nichts zu machen!« riefen die beiden Rasibéffs.

Knéppara ließ sich nicht sehen.

Und Zikáll erklärte in der großen Versammlungsgrotte:

»Die große Revolution, die auf dem Monde stattfinden soll, wird niemals eine von den Massen dirigierte Revolution sein. Von derartigen Revolutionen träumen wohl zuweilen die Erdmänner, uns aber ziemt solch ein kopfloses Vorgehen nicht. Wir habens doch nicht nötig, uns gegenseitig an die Kehle zu packen. Warten wir erst ruhig ab, ob auch der dritte Staat der Erdleute die Waffen an den Nagel hängt.«

Und die Mondvölker warteten dieses ab – allerdings in einer Stimmung, die allmählich den Führern und den Männern der Wissenschaft recht unbequem wurde.

Glücklicherweise trat ein neues Wunder am Himmel hervor.

Wiederum war das Teleskop des Bleikraters zuerst in der Lage, das neue Wunder als solches zu erkennen.

Die Sterne des Himmels erhielten sämtlich einen neuen Glanz – selbst die Erde schien anders zu leuchten.

Es war so, als wenn sich über die ganze Welt ein zarter opalisierender Schleier gebreitet hätte.

Auch dieses Phänomen ließ sich mit bloßem Auge nicht wahrnehmen – so zart war es.

Aber es existierte; nach und nach konnten es siebenundzwanzig Teleskope konstatieren.

Zikáll gab eine Erklärung der rätselhaften Erscheinung.

»Wir gehen eben«, sagte er lächelnd, »mit unsrem Sternhaufen durch eine andere Weltgegend durch, in der es andre astrale Wesen gibt, die feiner sind als unser grobkörniges Sonnensystem. Wir werden dem flimmernden Gassterne, in dem wir uns befinden, wahrscheinlich als Fremdkörper etwas lästig fallen, und es ist möglich, daß der Feine den Groben wieder abstößt. Es läßt sich aber auch denken, daß der Grobe so grob ist, daß er dem Feinen gar nicht zum Bewußtsein kommt. Warten wir ab, ob uns die Welt fürderhin nur noch in Opalgeflimmer erscheinen soll – oder ob sie wieder so wird, wie sie für uns so lange war. Warten wir auch das ab – wir sind doch ans Abwarten gewöhnt. Jedenfalls könnten wir, wenn wir das große Rohr erst hätten, nach meiner Meinung bald konstatieren, daß wir im Jahre mindestens durch sechs derartiger feiner astraler Weltwesen durchgehen, ohne was Weiteres davon gewahr zu werden. Unser Wahrnehmungsvermögen ist überhaupt sehr beschränkt, solange wir nicht sensiblere Instrumente besitzen, die leider fürs Auge größer sein müssen als unsre alten.«

Die Erscheinung verschwand, als nur noch ein einziges Jahr bis zur Entscheidung hin war.

Und da wandte sich denn wieder das ganze Interesse den militärischen Verhältnissen der Erdvölker zu.

Die Mondleute lachten recht viel und auch recht herzlich darüber, daß sie einer so untergeordneten nebensächlichen Angelegenheit so viel Aufmerksamkeit entgegenbrachten aber es ward ihnen auch recht unheimlich bei der Affaire zumute.

Die einmal durch derartige Wettspiele erledigten Ratsfragen durften nach uralten Satzungen nie wieder aufs Tapet gebracht werden.

An ein Umstoßen dieser alten Satzungen war von seiten der Führer und Ratsherren gar nicht zu denken. Und gegen deren Willen ließ sich einfach nichts machen, da die stets geschlossen vorgingen.

So hing denn alles davon ab, ob der dritte Staat der Erdmänner die bunte Kriegsrüstung auszog oder nicht.

Langsam nahte der Tag der Entscheidung.

Die Todesgrotten waren von allen verlassen, da sich diejenigen, die ihre Wiedergeburt erwarteten, so rechtzeitig unten eingefunden hatten, daß sie die große Entscheidungsstunde oben miterleben konnten.

Zwei tolle Meteore wurden nun noch entdeckt – und zwar grade an den Teleskopen, die den Erdball beobachteten.

Es waren Gasmeteore, die zwischen Mond und Erde schwebten und immerzu wie Doppelsterne umeinander kreisten, bis sie plötzlich zusammenfielen und dabei einen großartigen Funkenregen in violetten und zinnoberroten Farben nach allen Seiten verstreuten – von den Funken flogen sehr viele zur Erde und beinahe ebensoviele zum Monde – die meisten zergingen im Äther – ohne sichtbare Spuren zu hinterlassen.

Dieses kleine lustige Schauspiel erheiterte die erregten Beobachter auf dem Monde ganz außerordentlich, da es auch in den kleinen Ferngläsern, die die Mondleute stets in ihrem Rucksacke haben, sichtbar war.

In der letzten Nacht, als der Mond für die Erde ganz dunkel wurde, leuchteten die Goldkäfer auf den knisternden Moosfeldern viel heftiger als sonst.

Die Mondleute umlagerten die Krater, in denen die Erdfreunde die Erde beobachteten – und unaufhörlich wurde der Inhalt der letzten Photographien bekanntgegeben.

Und die Hände der Mondleute zitterten.

Jetzt mußte sich endlich das Schicksal der großen Revolution entscheiden.

Und da zuckten die Mondvölker plötzlich zusammen – und blitzschnell verbreitete sich die Kunde, daß ein dritter Staat der Erdmänner seine stehenden Heere abgeschafft hätte.

Mafikâsu griff krampfhaft mit beiden Händen in die Luft und flog wie eine Leuchtkugel empor.

Zikáll schrie auf – und lachte – und ließ den Kopf sinken.

Die beiden Rasibéffs verzerrten ihre Gesichter und wurden grün.

Eine maßlose Wut bemächtigte sich der Weltfreunde, die in ein paar Augenblicken sämtlich grün wurden – und wie sinnlos durch die Lüfte flogen – wobei die aufgequollenen Bäuche dröhnend aneinanderstießen.

Die dumpfen Paukentöne durchdröhnten das ganze Land.

Und die Goldkäfer flogen auch alle empor und schwirrten um die Köpfe der grünen Mondmänner rum.

Und die Ratsherren wußten nicht, was sie tun sollten.

Und die Führer riefen wütend:

»Ruhe! Ruhe!«

Und das half nichts.

Da schwebte aus dem Bleikrater der große Knéppara heraus – der rot war – wie ein Feuerball.

Und Knéppara erschrak, als er so viele grüne Mondmänner sah.

Und die Grünen glaubten, Knéppara wolle sich triumphierend zeigen.

Und die Grünen brüllten vor Wut – und grüne elektrische Funken sprangen blitzend aus ihren Leibern.

Aber Knéppara schrie jetzt, während er hoch über dem Bleikrater schwebte:

Die Weltfreunde haben gesiegt! Ich verkünde meinen Gegnern, daß die Beobachtung der Erde zu Ende ist. Htirt mich doch! Ich habe ja die Wette verloren. Hört doch!«

Da sahen sich die Grünen erschrocken an, doch der Rote fuhr fort:

»Der dritte Staat zählt ja nicht mit – der Staat existierte ja vor fünfzig Jahren noch gar nicht. Ich freue mich von ganzem Herzen, daß die Erdfreunde die Wette verloren haben. Es lebe die große Revolution! Es lebe das große Teleskop! Seid froh! Werdet wieder rot!«

Und – da ging ein Schauer durch die Lande.

Und ein unbeschreiblicher Jubel brach nach diesen Worten los.

Und die Grünen waren im Handumdrehen alle rot – alle rot.

Wie das aussah!

Erst bildete sich ein roter Ring um den Bleikrater.

Der Bleikrater lag in der Mitte der bewohnten Mondseite. Und dann wurde der runde rote Ring, der aus lauter Mondleuten bestand, gleichmäßig nach allen Seiten immer breiter und breiter – wellenförmig – als wär ein Stein in ein Wasser gefallen, das rot werden kann – in ein grünes Wasser – denn vordem waren die Mondleute alle noch grün.

Und dann war nach ein paar Augenblicken die ganze Halbkugel rot – wie ein Feuermeer.

Und der Jubel rauschte nur so durch die dicke Luft.

Die Goldkäfer umschwirrten nun die Köpfe der Roten – wie sie vorhin die der Grünen, die nicht mehr da waren, umschwirrt hatten.

Und wie Goldstaub funkelten die Goldkäfer in dem roten Feuermeer. Die Seligkeit ward zur Raserei.

Und alle flogen jetzt auf den Bleikrater zu, so daß es aussah, als wenn ein kuppelförmiges rotes Pilztier seinen Krinolinenleib aufzöge und zu einer dicken Kugelmasse würde.

Und diese rotglühende Kugelmasse, zu der aus allen Kratern immer mehr Mondleute kamen, fing an sich zu drehen.

Und dann umkreise diese rote Masse den Bleikrater siebenmal – langsam und feierlich.

Und Knéppara schwebte oben hoch überm Bleikrater, der jetzt gar nicht zu sehen war, mit Mafi, Zikáll und den Rasibéffs in der Mitte.

Und alle schrien und lärmten.

Und dann ward es ganz still.

Und dann schlugen sich alle auf den Ballonbauch – daß das Gedröhne so furchtbar wurde – wie ein einziger anhaltender Donnerton.

Und es durchdröhnte die Luft dieser einzige gewaltige Paukendonnerton sieben Stunden lang.

Danach wards abermals still.

Und dann löste sich die rote Masse auf – und die kleinen Mondmänner sprühten wie die Funken eines großen Feuers umher – die einen flogen zu den Sternen empor – die andern hinunter in die Krater.

Und die Freude war groß.

Die Freude rüttelte alles auf und wirbelte dann alles durcheinander.

Und nun ward die große Revolution auf dem Monde mit einem Schlage zum Ereignis; die hundert Ratsherren beschlossen, den Führern der Fabrikgrotten unumschränkte Machtbefugnisse über sämtliche Mondvölker zu verleihen.

Und die Führer der Fabrikgrotten geboten – alle Tätigkeit an den verschiedenen Kraterteleskopen, in den Museen und Bibliotheken – sofort einzustellen.

Und die große Bohrtätigkeit begann.

Da viele Maschinen in der Nähe der Todesgrotten angeschraubt wurden, so mußten diese durch schalldämpfende Portieren aus Moosfaserstoffen an allen Seiten abgeschlossen werden; es wurden nach den Aufregungen der letzten Zeit sehr viele Mondleute müde; doch mit diesem Umstande war gerechnet worden.

Über hundert Jahre nahm nun die große Bohrtätigkeit sämtliche Mondmänner ganz und gar in Anspruch.

Es war nur Maschinenarbeit – doch die Maschinen mußten hergestellt, transportiert und bedient werden; die Stützvorrichtungen
und Berechnungen nahmen auch viele Hände und Köpfe in Anspruch.

Aber schließlich ward es Licht.

Und man gelangte in eine große große Glasgrotte, durch deren
bunte farbenglühende Nischen und Wände das Sonnenlicht drang –
wie ein stilles Abendlied am Flötenkrater.

Nach weiteren hundert Jahren hatte man eine ganze Anzahl weiterer Glasgrotten kennengelernt.

Des Staunens und Bewunderns war kein Ende – denn jede Grotte
hatte ein neues komplizierteres Farbenwunder gezeigt.

Und je weiter man vordrang – um so heller und strahlender wurden die Grotten.

Und die Luft ließ nichts zu wünschen übrig.

Die unausgesetzte Arbeit spannte die Mondvölker derartig ab,
daß sie sich, als dreihundert Jahre nach der Revolution verflossen
waren, ganz gleichgültig allen ferneren Ereignissen gegenüber verhielten.

Selbst die wundervollen bunten Licht-, Glanz-, Brand- und Far-
beneffekte der immer wieder neu wirkenden Glasgrotten vermoch-
ten eine bemerkenswerte Erregung nicht mehr hervorzurufen.

Die Leiter der Fabrikgrotten verfolgten mit zäher Unerbittlichkeit
ihre Ziele.

Und als nun die müden Arbeiter endlich nach vierhundert Jahren
die große natürliche Linse, von der Zikáll so viel geredet hatte, er-
blickten – da ging bloß noch ein langer Seufzer durch das Innere des
Mondes.

Und die Hälfte der Arbeiter schwebte traurig zu den Todesgrotten, um durch eine neue Wiedergeburt wieder lebensfähig zu werden.

Zikáll hatte also recht gehabt – die große Naturlinse, die einen
Durchmesser von mehreren Meilen besaß, war in der Mitte der
gläsernen Mondseite entdeckt worden.

Aber es kam noch mehr.

Bald entdeckte man auch in anderen Grotten, die an der Oberfläche lagen, große Glaslinsen, die sich ebenfalls für Riesenteleskope eigneten.

Und da beschlossen denn die hundert Ratsherren, deren Zahl immer wieder, wenn einzelne müde geworden waren, aus den Führern ergänzt wurde, auch diese kleinen Naturlinsen zu Teleskopzwecken zu verwerten.

Die Grotte mit der großen Mittellinse war im Innern eine Rubingrotte und bestand aus lauter kolossalen roten Brillanten, die schreckliche Brandglut ausströmten, so daß man bei Tageslicht nicht lange dort sein konnte.

Überhaupt: sämtliche Grotten, die an der Oberfläche lagen, zeigten sehr viele Brillanten und Edelsteine in unsäglich vielen neuen Farben und Kristallformationen, so daß es eine große Freude war, in diesen Brillanten-Grotten zu weilen.

In den Glaslinsen zeigte sich glücklicher- und seltsamerweise kein einziger Brillant – während doch das Innere der Glasgrotten so viele aufwies; die Linsen waren sämtlich wasserklar und auch von Meteoren nicht beschädigt.

Die natürlichen Glassäulen und die herrlichen Nischen, Galerien und Schluchten aus Glasgebilden und edelsten Steinen wirkten allmählich durch all den blitzenden, funkelnden und brennenden Reichtum der immer wieder neuen Formen- und Farbenkompositionen – wiederbelebend auf die ermüdeten Mondvölker – wie frischer Blütenduft wirkte das neue Grottenreich.

Und dann wurden die Teleskope zusammengebaut – sowohl das mittlere große – wie auch zwölf seitwärts stehende kleinere, die allerdings recht beträchtliche Dimensionen durchquerten – und zum großen Rohr in demselben Verhältnisse standen – wie in einem aufgespannten Regenschirm die spannenden Querstangen zum Stock.

Die Zwischenlinsen, die geschliffen werden mußten, machten die meiste Arbeit – mancher Mondmannsmund lernte das Seufzen dabei.

Jedes der dreizehn Rohre führte zunächst in den Ausgangspunkt der Bohrarbeiten, den man früher für den Mittelpunkt des Mondes gehalten hatte. Und von diesem Punkte aus ging das mittlere Riesenrohr stockgrade nach der Mondseite, die der Erde zugewandt ist – bis in den Bleikrater, der das Zentrum der bewohnten Halbkugeloberfläche bildet.

Man denke sich einen Regenschirm aufgespannt – und die Vorstellung wird komplett sein; nur vergesse man nicht, daß das Schirmtuch der Glasseite entspricht.

Diese riesenhaften Teleskope sollten so eingerichtet werden, daß Beobachtungen und photographische Aufnahmen an verschiedenen Stellen des großen Rohres möglich wurden; vom Bleikrater bis zu den Todesgrotten schuf man sieben undzwanzig Rohrstationen mit kompliziertesten Apparaten.

Auch ganz neue Apparate zur Beobachtung der Licht- und Wärmespektren wurden in den Fabrikgrotten hergestellt.

Das Gehämmer und Geklopfe ward vonJahrzuJahr stärker.

Die Metalle klangen oft melodisch zusammen – doch nur selten.

Vom Bleikrater bis zur großen Linse warens gute tausend Meilen.

Die ungeheure Arbeit wirkte nach und nach ganz eigenartig auf die Gemütsverfassung der armen Mondmänner ein; die waren an eine derartig ununterbrochene Handtätigkeit gar nicht gewöhnt – es bildete sich viel Horn in den Handflächen.

Die Krater, in denen früher so regelmäßig Beobachtungen des Himmels und der Erde stattgefunden hatten, standen nun schon jahrhundertelang in stiller Einsamkeit da.

Niemand fand die Zeit, die alten Räume, an die sich so viele Erinnerungen knüpften, wieder mal aufzusuchen.

Und am Himmel und auf der Erde konnten die kolossalsten Wunder geschehen – die Mondleute bemerkten davon nichts.

Selbstverständlich hatte man die alten zurückgesetzten Apparate so sorgsam umwickelt und eingepackt, daß sie Schaden nicht leiden konnten.

Auch die Museen und Bibliotheken liefen nicht Gefahr, zu verderben – dafür war gesorgt.

Aber für die Köpfe der Mondleute war weniger gesorgt worden.

Die Führer der Fabrikgrotten nutzten ihre Machtstellung ganz rücksichtslos aus – und gestatteten keine andre Beschäftigung den Mondleuten – als die an dem großen Werke.

Und bald warens volle tausend Jahre, daß die Mondleute so unablässig arbeiteten.

Die Zeit war vergangen – man wußte nicht wie.

Aber da kam es einigen Ratsherren – und besonders dem Knéppara – so vor, als müßte nun notwendigerweise die große Arbeit mal unterbrochen werden.

»Das furchtbarste Gefängnis«, sagte er in der Ratsversammlung, »kann nicht einen so verheerenden Einfluß ausüben – als diese ständige mechanische Tätigkeit. Ich habe diese schlimmen Folgen der großen Arbeit damals vor tausend Jahren vorausgesehen und gefürchtet. Aber Ihr wolltet nicht hören.«

Und Knéppara schlug vor – zehn Jahre zu ruhen.

Auf den Amethystsäulen fand danach wieder eine Abstimmung statt.

Zuhörer wie sonst waren in der Ratsgrotte diesmal nicht da.

Und der Knéppara wurde wieder überstimmt; die Führer der Fabrikgrotten waren der Überzeugung, daß in guten drei Jahrhunderten alles fertig sein würde – man müßte fest bleiben.

Knéppara setzte es danach bloß durch, daß einzelne Arbeiter jährlich fünfhundert Stunden von der Arbeit befreit werden konnten.

»Ihr seid grausam!« sagte Knéppara – und bat, ihn sofort fünfhundert Stunden hindurch allein zu lassen.

Dem Knéppara ward die Bitte selbstverständlich gewährt; dabei versicherten aber die Führer der Fabrikgrotten mit erhobenen Händen, daß sie nach bestem Wissen und Gewissen handelten – ein Nachlassen in der Arbeit setze das ganze große Unternehmen den größten Gefahren aus.

Und danach suchten sich wieder die Ratsherren durch die kolossalen Weltbilder, die ihnen später beschert werden würden, zu berauschen.

»Dieser Zukunftsrausch«, sagte Zikáll, »hat uns bereits tausend Jahre aufrechterhalten – er wird uns auch über die nächsten drei Jahrhunderte hinweghelfen.«

Und mit diesem Troste flogen die Herren vom Ratskrater wieder eilig davon und nahmen die ihnen zugewiesene Arbeit von neuem in Angriff.

Knéppara aber saß nun hoch oben am Rande des Zinnkraters und starrte die volle, rotglühende Scheibe des Erdgestirns an, das die Moosfelder des Mondes mit weichem Licht erfüllte.

»Diese Erdmänner!« sagte er leise in Gedanken zu den Nachtwinden"wer hätte das vor tausend Jahren gedacht! Heute kümmert sich keiner mehr um die Erdmänner. Wir wissen gar nicht, was sie tun; sie können bereits sämtlich ausgestorben sein – sie können sich auch heute noch gegenseitig totschießen – sie können sich auch gegenseitig aufessen – und dabei ruhig weiterleben – ein anderes Leben. Wer kann das wissen? Wir jagen einem größeren Ziele zu. Und es werden noch drei Jahrhunderte vergehen – bis wir wieder was von dem Leben der Erdmänner erfahren. Vielleicht haben auch sie eine große Revolution erlebt. Vielleicht können wirs nach drei Jahrhunderten gar nicht mehr konstatieren, ob die Erdmänner eine große Revolution erlebten – oder nicht. Vielleicht sind die Folgen der großen Revolution schon wieder verweht. Es ist doch traurig, daß ich von alledem nichts weiß.«

Goldkäfer schwirrten um Knépparas Kopf.

Feine Musik tönte aus dem Zinnkrater heraus – so wie von fernen fernen Gesängen, die weder traurig noch heiter sind.

Die Sterne funkelten.

Und die Erde glühte.

Als dreizehnhundert Jahre nach der großen Revolution auf dem Monde verflossen waren – da saßen alle Mondleute an ihrem neuen großen Riesen-Fernrohr – und sahen die große Welt ganz in der Nähe.

Und was die Mondleute sahen, berauschte sie so, daß sie ganz kopflos wurden – und anfingen, wirre Reden zu führen.

Das schlug dem Faß den Boden aus.

Das war mehr als großartig.

Das spottete jeder Beschreibung.

Das ging über die Hutschnur.

So gewaltig hatte sich keiner die Welt vorgestellt.

Jetzt erst gingen den Mondleuten die Augen auf.

Und die Augen wurden ihnen feucht, und sie fingen an zu weinen – laut zu weinen – vor übergroßer Seligkeit.

Und jetzt bedauerten sie nicht mehr, daß sie ausgeschlagene dreizehn Jahrhunderte rastlos gearbeitet hatten, ohne Auge für die Welt zu haben.

Jetzt durften sie dafür um so mehr Auge für die Welt haben; jetzt konnten sie wieder leben – wie früher – und noch anders.

Und der große Mafikâsu, umgeben von seinen beiden Rasibéffs, hielt eine lange Rede, in der er unter anderem auch bemerkte:

»Wenn die Erde durch den Bleikrater durchsehen könnte, so würde der Mond bloß das Fernglas der Erde sein. Der Mond aber ist jetzt ganz Auge. Das wollte er immer sein – das sagte ich schon vor zwei Jahrtausenden. Vielleicht bilden jetzt Erde und Mond zusammen bloß einen Stern – dann wäre der Mond das große Sehorgan dieses Doppelsterns – und die Erde wäre dann bloß eine Art Ballonbauch. Vielleicht steckt grade in diesem Umstande das Motiv für die schwache Entwicklungsfähigkeit des Sterns Erde. Nun, meine verehrten Weltfreunde, ob dem so ist, wie ich sagte – oder ob dem nicht so ist – das kann uns ja eigentlich ganz gleich bleiben. Aber eines wollen wir heute nicht vergessen: Wir blicken heute die Welt mit den Naturlinsen des Mondes an, und uns muß zum Bewußtsein kommen, daß wir mit denselben Organen die Welt anblicken – mit denen unser Stern die Welt anblickt. Wir sind dadurch mit unserm Stern eins geworden – einig. Und weil wir so ganz eins und einig sind mit unserm lieben Monde – deshalb sind wir so glücklich. Dieses wollen wir nicht vergessen.«

Da ward es still am großen Rohr – und Mafis Worte, die er im Mittelpunkte des Mondes gesprochen hatte, gingen am langen Fernrohr und an den zwölf kürzeren, die zu den kleineren Naturlinsen führten, immerzu auf und ab.

Und die Mondleute begriffen plötzlich, daß sie mit ihrem Stern zusammen ein einziges einiges Wesen bildeten.

Und die Mondleute trommelten nicht auf ihren Ballonbäuchen – sie brachten ihre feierliche Stimmung durch ein langes großes Schweigen zum Ausdruck.

Die Todesgrotten waren jetzt wieder ganz leer, da jeder dabei sein wollte – wenns losging.

Die Benutzung der neuen Apparate begann an allen Punkten zu gleicher Zeit.

Und das war ein großer Augenblick.

Und die Mondleute fühlten, daß sie jetzt viel mehr waren als früher; sie hatten es so weit gebracht, daß es ihnen vorkam, als wären sie viel zu weit gekommen.

Und diese Erkenntnis hob ihre Brust und machte, daß ihre hellblauen Augen leuchteten – und daß ihre Leiber wieder so rot wurden wie glühende Kohlen.

Und was die Mondleute nun durch ihre neuen Apparate sahen – das wirkte so überwältigend, daß den roten Weltbetrachtern anfänglich ganz der Atem wegblieb.

Das kribbelte und wibbelte auf den nächsten Fixsternen von unzählbaren Geschöpfen: da gabs solche, deren Leiber so dünn wie feinste Haare waren – und andre Wesen wieder, die meilenbreite Leiber hatten. Auch solche Geschöpfe gabs, die sich unsichtbar machen konnten – auch solche, die bald klein und bald groß aussahen – auch solche, die mit ihrem Stern fest zusammenhingen, so daß jeder Wurm-Kopf seinen Stern für seinen Unterleib halten konnte.

Und wie sahen erst die Sterne selber aus, die jetzt so zu sehen waren, als schwebten sie ganz dicht neben dem Monde dahin!

In den Nebelflecken gabs eine solche Fülle von neuen nie geahnten Sternformen –

Unzählige Dinge harrten der Aufklärung.

Zunächst wußte niemand, wie er sich dieser Fülle von neuen Erscheinungen gegenüber benehmen sollte.

Es war wirklich zu viel auf einmal.

Und nun wurden auf Knépparas Bitten auch die alten kleinen Kraterteleskope wieder instand gesetzt; sie hatten in den dreizehnhundert Jahren nur wenig gelitten.

Und die alten Museen und Bibliotheken wurden ebenfalls wieder geöffnet; da zeigte sich aber, daß manche Photographie infolge schlechter Verpackung vollkommen verblaßt erschien; auch verschiedene Papierqualitäten hatten sich nicht bewährt.

Doch diese Verluste wurden nicht zu hoch angeschlagen.

Mit großer Neugier ließ Knéppara eine Reihe von Teleskopen auf die Erde richten; er wollte doch zu gerne wissen, was aus den Erdmännern geworden sei.

Und bald wußten die Mondleute, daß die Erdleute nur noch ganz kleine Soldatenscharen unterhielten, die nicht mehr zu großen Kriegen, sondern nur noch zum Schutze gegen die Verrückten, deren es auf Erden nicht wenig gab, gehalten wurden.

»Es ist doch«, bemerkte der eine Klambátsch, »sehr seltsam, daß die Erde so viele Wesen leben läßt, die eigentlich infolge Mangels an Vernünftigkeit nur zerstörend wirken.«

»Der Stern Erde«, bemerkte Knéppara, »gehört zu den ganz abnormen Sternen, die vielleicht in der Welt nur den Beweis erbringen sollen, daß die große Welt auch imstande ist, die größten Dummheiten zu machen – daher das schnelle Absterben der irdischen Kreatur! Von diesem Standpunkte aus war auch das frühere Kriegswesen der Erdleute durchaus entschuldbar. Man sieht nicht ein, warum Kreaturen, die so unvollkommen sind, so ötepetöte mit ihrem Leben umgehen sollen. Das ganze Mordsleben auf Erden erzeugt, wenn mans ohne Mitgefühl von oben herab betrachtet, durchaus komische Effekte. Und wir haben daher wohl ein Recht, den Stern Erde zu den komischen Sternen zu rechnen. Dieser Umstand erklärt wohl mein Interesse für die Erde – mehr als alles andre. Ich liebte wohl unbewußt nur das Komische an ihr. Der Erde würde doch sehr viel fehlen, wenn ihr die lächerlichen Seiten fehlen sollten!«

Und diese Worte des weisen Knéppara erhielten durch die weitere Beobachtung der Erde noch eine ganz besondere Bedeutung; es stellte sich nämlich heraus, daß die Erdleute ihr Gesellschaftsleben recht merkwürdig entwickelt hatten.

Während man früher auf Erden fortwährend von Krieg und Militarismus sprach, lenkte man jetzt alle Aufmerksamkeit auf die Ausbildung der feinsten gesellschaftlichen Umgangsform und schuf dabei ein derartig umständliches Zeremoniell, daß die ganze Jugendzeit der Erdmänner nur mit Erlernung der verschiedenen Anstandsregeln verbracht wurde. Im reiferen Alter gings dann an die praktische Verwertung der erlernten Regeln. Und wer im späteren Alter die Geschichte noch nicht ordentlich kapiert hatte, wurde unter militärischer Bedeckung in eine sogenannte Fortbildungsschule gesandt.

Und die Mondmänner konstatierten bald, daß die Erdmänner jetzt mindestens ebenso lebhaft zu bedauern wären – wie vor dreizehnhundert Jahren.

»Wenn dieses Zeremoniell«, sagte Knéppara, »nicht ein Beweis mehr ist, daß diese Erde zu den komischen Sternen gehört, so weiß ich nicht mehr, was ich sagen soll. Trotz aller Unappetitlichkeit hat dieser Stern doch so viel Drolliges, daß man ihm beinahe gut sein könnte.«

Die Mondleute lachten herzlich, als sie diese neuen Nachrichten vom Stern Erde kennenlernten.

Traten sich die Erdmänner früher mit Mordsinstrumenten zu nahe, so suchten sie jetzt das Sichzunahetreten durch so viel Zeremoniell zu verhindern – daß der jetzige Zustand mit allen seinen Umständen eigentlich ebenfalls einem permanenten Kriegszustande gleichkam, obschon jeder sich hütete, loszuschlagen.

Loso, der sich meist in den bunten Glasgrotten auflhielt, bemerkte sehr richtig:

»Die Erdmänner wollen den Bewohnern andrer Sterne nur was zum Lachen geben. Wir sollten den Erdmännern für ihre Absicht, die anderen Sternbewohner erheitern zu wollen, dankbar sein. Es wäre schade, wenn wir die Erdmänner nicht gelegentlich ebenfalls beobachten wollten. Wers will, sollte jedenfalls nicht gehindert werden.«

Und es wurden diejenigen, die gelegentlich die Erde beobachten wollten, nicht daran gehindert, aber allzuviel warens nicht.

Der Pflastermann sagte gelegentlich mal:

»Es scheint mir, daß wir gar kein Recht haben, die Organismen der Erdoberfläche für Dinge zu halten, die zur Erde gehören. Es wäre doch möglich, daß die Erde ihre ersten Organismen durch Meteore empfangen hätte. So was sagte schon ein Erdmann. Und wenn dem so wäre, so hätten wir in allen Pflanzen und Tieren der Erdoberfläche nur Fremdkörper zu erblicken, um die sich der Stern Erde gar nicht kümmert – die er einfach duldet, da er weiß, daß sie durch seine Haut nicht durchkönnen.«

Diese Worte gefielen dem Knéppara und dem Zikáll ganz außerordentlich; die Mondvölker aber ließen sich nicht die Zeit, diesen Gedankengang zu verfolgen.

Die kolossalen Ereignisse, die man jetzt durch die neuen Teleskope mit ihren großen Naturglaslinsen im Weltenraume beobachten konnte, nahmen doch alle Aufmerksamkeit fast ganz und gar in Anspruch.

Jetzt erst bemerkte man den überschäumenden, vernichten den Reichtum der Welt – wieviel auch ›zwischen‹ den Sternen war.

Es zeigten sich nicht bloß Kreaturen, die aus so feinen Stoffen bestanden, daß die Luft dagegen wie Goldklumpen wirkte – es zeigten sich auch Eisgeschöpfe und Feuergeschöpfe.

Ganz was Natürliches war es, daß mehrere Sterne ineinander lebten.

Überhaupt: die Einfachheit des Lebens war nur sehr selten zu entdecken – fast alles hatte im Laufe der Zeit sehr komplizierte Formen angenommen.

Und es bedurfte schon eines großen Aufwandes von Scharfsinn, wenn einzelne Erscheinungen ein wenig aufgehellt werden sollten; die neuen Spektralapparate bewährten sich oft ganz gut.

Doch vieles blieb unverständlich.

Gleichzeitig wurde aber eine ganze Reihe von Instrumenten erfunden, mit denen eine Messung neuer Kräfte, die weder zur Wärme noch zur Elektrizität Beziehungen hatten, vorgenommen werden konnte.

Es bot sich überhaupt so viel Neues den Blicken dar, daß es einfach überwältigte und hinriß.

Ganz deutlich wars zu erkennen, daß die Anziehungskraft in den weiteren Fernen des Weltraums nicht mehr existierte und Wärme und Kälte auch nicht.

Die Formen der großen Sterne setzten immer wieder in Erstaunen.

Und die Zahl der Sterne!

Die Zahl konnte auf der ganzen Mondoberfläche nicht geschrieben werden – das war bald sonnenklar.

Die nahe Sonne verblüffte ganz besonders.

Ein derartig mannigfaltiges Leben hatte niemand in der Sonnenglut geahnt.

Das kribbelte und wibbelte.

Und die neuen Museen mit den Welt-Photographien füllten sich immer mehr.

Und jetzt empfanden die Mondleute eine ganz neue Lebenslust in sich.

Und es dauerte sehr lange Zeit, bis einer müde wurde; die Todesgrotten standen anfangs ganz leer.

Und dann lernten die Mondleute, wie sich die Sterne gegenseitig verständigten – und lernten dadurch verschiedene Sternsprachen kennen.

Und das riß hin – mit Gewalt.

Und es zeigten sich Sterne, die mit gewaltigen Sprachorganen einen ungeheuren Lärm machen konnten – und die Stärke dieses Lärms konnte gemessen werden – mit ganz neuen Apparaten!

Es war allen so, als tauchten sie tief tief in das ganze große Weltleben hinein.

Astrale Gestalten sausten oft wie Kometen mit komischen Gliedern durch die nächsten Planeten durch und blieben auch in diesen sichtbar; diese astralen Gestalten bestanden aus ganz besonderen Stoffen, die nur von besonderen Apparaten bemerkt und fixiert werden konnten.

Oft war allen so, als gingen sie unter in all diesem Reichtum – als würden sie verschlungen von der ungeheuren Lebensfülle.

Und zuweilen kams selbst den Führern so vor, als wärs denn doch zu viel.

Das kribbelte und wibbelte überall!

Und die Fülle der neuen Erscheinungen nahm immer mehr zu.

Es war immer mehr – immer mehr – zu sehen und anzustaunen – und zu erklären.

Und die Mondmänner starrten in das Weltleben hinein und waren ganz Auge – ganz Auge.

Und der große Mond wars auch.

»Das kann«, rief Mafikâsu, »niemals aufhören. Und so ist unsre Freude an dieser großen Welt unzerstörbar.«

Die Mondmänner waren selig.

Ihr Stern, der große Mond, drehte sich immerzu weiter um jenen drolligen Stern, der Erde hieß und ein komischer Stern blieb sein ganzes Leben hindurch – in jedem Jahrtausend ohne müde zu werden.

Die Mondleute wurden zuweilen recht müde – aber wenn sies wurden, so schwebten sie zum Pflastermann in die Todesgrotten – und aus denen kamen sie immer wieder mit neuen Lebenskräften heraus.

Und die große Welt blieb voll Lebensrausch – unaufhörlich.

Auch die große Welt schien niemals müde zu werden – immer wieder und wieder neue große Wunder zu offenbaren.

Und die Mondleute lebten in dem unaufhörlichen Leben der Welt – so als wäre das ihr Mondmannsleben.

Über tredition

Eigenes Buch veröffentlichen

tredition wurde 2006 in Hamburg gegründet und hat seither mehrere tausend Buchtitel veröffentlicht. Autoren veröffentlichen in wenigen leichten Schritten gedruckte Bücher, e-Books und audio-Books. tredition hat das Ziel, die beste und fairste Veröffentlichungsmöglichkeit für Autoren zu bieten.

tredition wurde mit der Erkenntnis gegründet, dass nur etwa jedes 200. bei Verlagen eingereichte Manuskript veröffentlicht wird. Dabei hat jedes Buch seinen Markt, also seine Leser. tredition sorgt dafür, dass für jedes Buch die Leserschaft auch erreicht wird.

Im einzigartigen Literatur-Netzwerk von tredition bieten zahlreiche Literatur-Partner (das sind Lektoren, Übersetzer, Hörbuchsprecher und Illustratoren) ihre Dienstleistung an, um Manuskripte zu verbessern oder die Vielfalt zu erhöhen. Autoren vereinbaren direkt mit den Literatur-Partnern die Konditionen ihrer Zusammenarbeit und partizipieren gemeinsam am Erfolg des Buches.

Das gesamte Verlagsprogramm von tredition ist bei allen stationären Buchhandlungen und Online-Buchhändlern wie z. B. Amazon erhältlich. e-Books stehen bei den führenden Online-Portalen (z. B. iBookstore von Apple oder Kindle von Amazon) zum Verkauf.

Einfach leicht ein Buch veröffentlichen: **www.tredition.de**

Eigene Buchreihe oder eigenen Verlag gründen

Seit 2009 bietet tredition sein Verlagskonzept auch als sogenanntes "White-Label" an. Das bedeutet, dass andere Unternehmen, Institutionen und Personen risikofrei und unkompliziert selbst zum Herausgeber von Büchern und Buchreihen unter eigener Marke werden können. tredition übernimmt dabei das komplette Herstellungs- und Distributionsrisiko.

Zahlreiche Zeitschriften-, Zeitungs- und Buchverlage, Universitäten, Forschungseinrichtungen u.v.m. nutzen diese Dienstleistung von tredition, um unter eigener Marke ohne Risiko Bücher zu verlegen.

Alle Informationen im Internet: **www.tredition.de/fuer-verlage**

tredition wurde mit mehreren Innovationspreisen ausgezeichnet, u. a. mit dem Webfuture Award und dem Innovationspreis der Buch Digitale.

tredition ist Mitglied im Börsenverein des Deutschen Buchhandels.

Dieses Werk elektronisch lesen

Dieses Werk ist Teil der Gutenberg-DE Edition DVD. Diese enthält das komplette Archiv des Projekt Gutenberg-DE. Die DVD ist im Internet erhältlich auf **http://gutenbergshop.abc.de**